8 yth 17092

Paris

1827

Duval, A.

Le Tasse

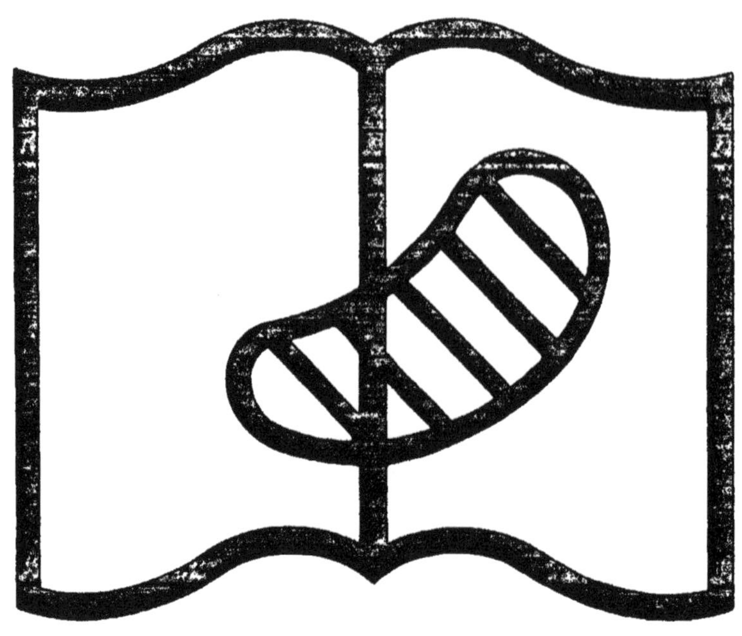

Symbole applicable
pour tout, ou partie
des documents microfilmés

Original illisible

NF Z 43-120-10

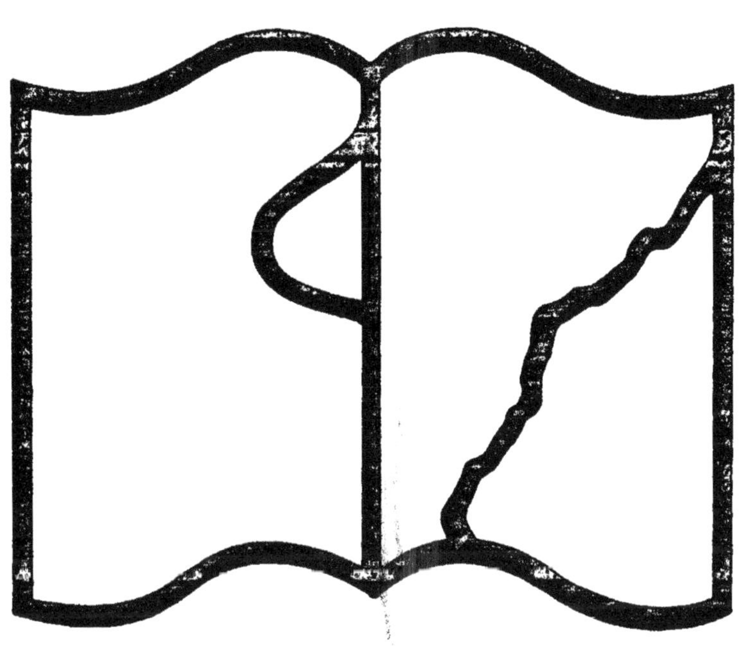

Symbole applicable
pour tout, ou partie
des documents microfilmés

Texte détérioré — reliure défectueuse

NF Z 43-120-11

LE TASSE.

IMPRIMERIE DE E. DUVERGER, RUE DE VERNEUIL, n° 4.

LE TASSE,

Drame historique

EN CINQ ACTES ET EN PROSE,

PAR M. ALEXANDRE DUVAL,

Membre de l'Institut (Académie française).

Représenté, pour la première fois, sur le Théâtre-Français,
le 26 décembre 1826,
par les Comédiens ordinaires du Roi.

A PARIS,

CHEZ BARBA, ÉDITEUR, COUR DES FONTAINES, N° 7;

ET AU MAGASIN DES PIÈCES DE THÉÂTRE,

PALAIS-ROYAL, DERRIÈRE LE THÉÂTRE-FRANÇAIS, N° 51.

1827.

PERSONNAGES.

ALPHONSE II, duc de Ferrare.

TORQUATO TASSO, (LE TASSE) officier
   du duc.

PAZZINI, gouverneur de Ferrare.

BELMONTE, prince napolitain au service
   du duc.

UN CONCIERGE de la forteresse.

PREMIER COURTISAN.

DEUXIÈME COURTISAN.

UN OFFICIER DU PALAIS.

UN DÉPUTÉ DE ROME.

ÉLÉONORE D'ESTE, sœur d'Alphonse.

LA COMTESSE MARIA, première dame
   d'honneur d'Éléonore.

DEUXIÈME DAME D'HONNEUR.

FLORELLA.

PLUSIEURS DÉPUTÉS DE ROME.

COURTISANS.

PEUPLE.

ACTEURS.

M. ARMAND.

M. FIRMIN.

M. BAPTISTE.

M. PERRIER.

M. SAMSON.

M. LECOMTE.

M. DELAISTRE.

M. LAFITTE.

M. DUMILATRE.

Mlle MARS.

Mme DUPUIS.

Mme THÉNARD.

Mlle G. MARS.

La scène se passe à Ferrare.

— — —

NOTA. Les acteurs seront placés en tête de chaque scène comme ils doivent
l'être au théâtre, le premier tient la gauche du spectateur.

LE TASSE,

DRAME HISTORIQUE

EN CINQ ACTES ET EN PROSE.

ACTE PREMIER.

Le théâtre représente une treille à l'italienne ; sur le côté est une maisonnette ; la treille est décorée de vases remplis de fleurs. Une table
de marbre et quelques siéges de jardin sont sur l'avant-scène.

SCÈNE I.

BELMONTE, seul.

Suis-je bien à l'endroit indiqué ? je n'ai pu me tromper ; les paroles de la princesse ont trop bien frappé
mon oreille : je ne les ai point oubliées ! Il me semble
l'entendre encore dire tout bas à la comtesse Maria :
« Demain au point du jour nous traverserons le grand
« parc, nous sortirons par la petite grille, nous sui-
« vrons la première allée de la forêt, et c'est au bout
« de cette allée que se trouve une maisonnette où nous
« saurons si l'on nous a dit la vérité. » J'ai bien suivi
mon itinéraire : voilà bien la maisonnette. Ah ! princesse Éléonore ! sortir au point du jour avec une seule
de vos dames... votre amie particulière... Et moi aussi
je veux savoir la vérité... Se pourrait-il qu'une intrigue
d'amour... que le Tasse... Ah ! fi donc ! la sœur du

puissant duc de Ferrare... ses vertus si justement ho-
norées... non. Pourrait-elle se compromettre!... un
petit gentilhomme!... lorsque moi, prince, je n'ose
porter mes vœux... Cette maison d'Este est si fière!...
Quelle différence, il est vrai, entre un prince sans prin-
cipauté et un duc souverain!... O fortune!... en vain
je cherche à m'attirer tes faveurs; je flatte avec adresse,
je médis avec grace, je prends tous les tons, toutes les
formes et j'obtiens à peine un regard de mes souverains, tandis que ce poète tant admiré, tantôt brusque,
tantôt distrait, ne daigne pas quelquefois répondre aux
louanges que le prince lui donne, aux caresses qu'il
lui fait : il jouit de toutes les faveurs, de toutes les
graces...— Je ne puis supporter plus long-temps cet
état... il faut que j'y succombe ou que je renverse ce
poète audacieux. Je n'ai point oublié que dans son
plus bel ouvrage il a flétri l'un de mes aïeux. Il est de
mon devoir de me venger... Ah ! si mes soupçons
pouvaient être fondés!... Prenons-y garde, à la cour
le terrain est glissant... et pour attaquer il faut être
bien sûr de vaincre... Mais j'aperçois la princesse et sa
dame d'honneur... ayons soin d'éviter leurs regards...
Si de cette place je pouvais les entendre!... non...
elles approchent, fuyons.

(Il se cache derrière les arbres, on doit l'apercevoir.)

SCÈNE II.

MARIA, ÉLÉONORE, BELMONTE, caché.

MARIA.

J'ai peine à suivre votre altesse; mais grace au ciel
nous voilà arrivées...

ÉLÉONORE.

Oui, ce doit être ici : les vases de fleurs, la petite terrasse, cette table de marbre où il travaille... tout me l'apprend.

BELMONTE, à part.

Si leurs paroles m'échappent, je pourrai voir au moins ce qui se passera dans le bosquet.

(Il disparaît.)

SCÈNE III.

MARIA, ÉLÉONORE.

MARIA.

Mais, madame, quel motif vous conduit si matin dans ces lieux?

ÉLÉONORE.

Ne t'ai-je pas dit hier au soir que je voulais confondre les ennemis de Torquato?

MARIA.

Que prétendent-ils? de quoi l'accuse-t-on?

ÉLÉONORE.

Tu n'as donc pas entendu dire que le Tasse, dès l'aurore, quittait le palais pour venir secrètement dans cette retraite écartée, et qu'une jeune fille...

MARIA.

Quoi! madame, on a osé dire que Torquato si remarquable, si intéressant par les avantages qu'il doit à la nature, ne craignait pas de s'avilir par une liaison commune... Vous n'avez pu croire...

ÉLÉONORE.

Non, chère Maria, et je suis si convaincue qu'on a cherché à le calomnier dans l'esprit de mon frère, que je ne me suis hasardée à faire une démarche, un peu irrégulière peut-être pour la sœur d'Alphonse, que dans l'espoir de fournir au duc les preuves de son innocence... Depuis quelque temps on attaque les mœurs, le caractère de ce grand poëte, et par intérêt pour lui autant que par justice, je dois le venger de ses accusateurs.

MARIA.

Mais ne craignez-vous pas, madame, que ces envieux courtisans n'interprètent mal votre bienveillance?... Malgré la haute vertu qui vous distingue, ils pourraient concevoir des soupçons...

ÉLÉONORE.

Qui ne sauraient m'atteindre. Je me suis déclarée ouvertement la protectrice du Tasse, et je veux prouver qu'il a autant de droits à mon estime qu'à mon admiration.

MARIA.

Oh ! cette admiration que vous lui portez, comme elle se peint sur vos traits lorsque vous écoutez ses vers ! Vos regards attachés sur lui...

ÉLÉONORE.

Pourquoi n'avouerais-je pas le plaisir que j'ai à l'entendre ? Mon frère, toi-même, tout le monde ne partage-t-il pas mes sentimens? Comme nous on admire l'expression de sa physionomie, la mobilité de ses traits... tout ce qui trouble le cœur de Torquato s'imprime dans son regard; et, tel est l'empire de ce regard, qu'il vous pénètre à votre tour et qu'il vous fait éprouver malgré vous toutes les passions qui semblent agiter le poëte... Et quand il lit ses ouvrages, n'as-tu pas ressenti comme moi mille émotions différentes?... Quand sa voix si tonnante et si flexible exprime par

ses magies poétiques ou la fureur des combattans,
ou les charmes de l'amour, l'ame, suspendue à ses
lèvres, s'abandonne à tous les sentimens que ses beaux
vers peignent si bien. Vous habitez les lieux qu'il décrit, vous vivez avec ses héros, vous aimez de leur
amour, vous souffrez de leur douleur, vous combattez
près d'eux... Quel poète! Maria! et quel cœur assez
froid peut ne pas céder en l'écoutant à l'admiration
qu'il doit inspirer un jour à l'univers entier !

MARIA.

A la manière dont vous parlez du Tasse on reconnaît la digne fille de Renée de France, de cette femme
si supérieure...

ÉLÉONORE.

Elle seule, en effet, a éclairé mon esprit de ses
sublimes connaissances. Mon frère lui doit également
cet amour des sciences et des arts qui lui a fait appeler
auprès de lui tous les talens qui peuvent jeter de l'éclat
sur sa cour... Ah! cette cour si brillante, si recher-
chée... Il me faudra peut-être bientôt la quitter.

MARIA.

Quoi! madame, serait-il donc vrai qu'un hymen
prochain?...

ÉLÉONORE.

Est-ce qu'une odieuse politique ne m'a pas destinée
dès mon enfance à servir de lien aux intérêts de mon
frère, ou à calmer la fureur des partis?...

SCÈNE IV.

MARIA, ÉLÉONORE, FLORELLA.

FLORELLA, *sortant de la maisonnette.*

Que vois-je donc là? de belles dames dans le bosquet de mon ami?

MARIA.

Quelle est cette jolie enfant qui sort de cette cabane? Serait-ce là cette jeune coquette?...

ÉLÉONORE.

Impossible! la candeur de son visage...

MARIA.

Mais elle a treize ans au plus.

FLORELLA.

Voilà des dames bien singulières... elles me regardent avec une attention... (*à Éléonore.*) Demandez-vous quelque chose ici, mesdames?... C'est que vous êtes dans un bosquet où tout le monde ne vient pas.

ÉLÉONORE.

Eh quoi! jeune fille, ne pouvons-nous donc nous y reposer?

FLORELLA.

Oh! si c'est pour vous reposer c'est bien différent... et puis vous avez l'air toutes deux de bonnes personnes, et bien jolies aussi.

ÉLÉONORE.

Ce bosquet est donc à vous?

FLORELLA.

C'est moi qui l'ai paré de fleurs; c'est moi seule qui les cultive: mon ami les aime.

ÉLÉONORE.

Votre ami!... quel est donc votre ami?

FLORELLA.

Celui qui sauva ma pauvre mère d'une mort certaine et qui prend soin de ma jeunesse.

ÉLÉONORE.

Qu'entends-je?

MARIA.

Et quel est le nom de votre ami?

FLORELLA.

Le bon, l'excellent Torquato, notre unique bien-
faiteur... Oh! madame, vous le connaissez peut-être;
il vit à la cour, et cependant il est pauvre: car s'il
était riche, il nous le dit tous les jours, nous serions
bien mieux logées, bien mieux vêtues.

ÉLÉONORE, à part.

Et l'on a osé l'accuser! (*haut.*) Sans doute il n'est
pas riche, mais je le suis, moi, et dès ce moment je
vous prends sous ma protection.

FLORELLA.

Vous êtes bien bonne, madame; mais je n'ai besoin de personne, et il m'a bien dit que tant qu'il
vivrait je ne manquerais de rien; et puis il m'a dit
encore que lorsque je serai plus grande il me marie-
rait... et puis encore que lorsqu'il m'aurait bien ins-
truite, il me présenterait à la princesse de Ferrare...
Oh! mais c'est qu'on l'aime bien dans cette maison-là...
Ce n'est pas de lui que je sais cela, ce sont des gens
du château qui l'ont dit à ma mère.

ÉLÉONORE.

Revenons aux bienfaits que vous devez à Torquato.

FLORELLA.

D'abord, je vous l'ai dit, il a sauvé ma mère d'une
mort certaine en s'exposant lui-même à périr.

ÉLÉONORE.

Quand? où donc ?

FLORELLA.

Ma bonne mère ayant appris tout à coup que mon père venait d'être tué à la guerre où le duc de Ferrare l'avait conduit... cette nouvelle inattendue, sa pauvreté, ma misère à venir... ma mère, dans son désespoir, se précipite dans un torrent...

ÉLÉONORE.

Et son libérateur est le Tasse? et tout le monde l'ignore...

FLORELLA.

Je le crois bien, puisqu'il a fait défense à ma mère d'en rien dire sous peine de perdre ses bonnes graces... aussi nous lui gardons bien le secret... Il est vrai qu'ici nous n'avons personne à qui parler.

ÉLÉONORE.

Cependant votre mère sut bientôt à qui elle devait la vie?

FLORELLA.

Sans doute : il envoya dès le lendemain un domestique nous prendre pour nous conduire dans cet asile où sa générosité pourvoit à tous nos besoins.

ÉLÉONORE.

Eh bien, c'est moi qui me charge... Maria, prie cette enfant de te conduire auprès de sa mère, donnelui de l'or ; dis-lui qu'une dame se charge de sa fortune, de son bonheur... ah ! j'approuve d'avance tout ce que tu feras... c'est de toutes les bonnes actions que mon rang me permet de faire, celle qui plaît le plus à mon cœur.

FLORELLA , à part.

C'est singulier, cette jolie dame parle juste comme

mon ami, avec une chaleur !.. je ne le comprends pas
toujours... (*haut.*) Eh bien! vous voulez donc que je
vous conduise près de ma mère... à la bonne heure...
je ne sais pourquoi je me sens du penchant à vous
obéir, à vous aimer.

(Elle sort avec Marie.)

SCÈNE V.

ÉLÉONORE, seule.

Un charme secret me retient dans ce lieu... il me
semble rempli de souvenirs... C'est ici, sans doute,
que le Tasse a médité ces belles pensées qui déjà par-
courent l'Italie. Que ne donnerais-je pas pour le con-
templer ici sans être vue... C'est sur ce marbre qu'il
travaille pour la postérité... Mais n'y vois-je pas qu'une
pointe légère y traça quelques pensées... Lisons...

SCÈNE VI.

ÉLÉONORE, LE TASSE.

LE TASSE, entrant dans le bosquet.

Que vois-je?... son altesse ici, ah! madame...

ÉLÉONORE.

En effet, ma présence doit vous surprendre... mais
ayant appris indirectement que, dans cette chaumière,
vous aviez des protégées, j'ai désiré partager une
bonne action.

LE TASSE.

Et qui donc a pu vous dire, madame?...

ÉLÉONORE.

Le bien qu'on fait secrètement finit toujours par
se découvrir.

2

LE TASSE.

Et quoi! madame, malgré ma défense on vous aurait appris...

ÉLÉONORE.

Que votre cœur est aussi généreux que vos talens
sont grands, que votre génie est étendu.

LE TASSE.

Ah! madame, cessez : la louange dans votre bouche
a tant d'attraits pour moi qu'elle me rendrait orgueil-
leux des avantages...

ÉLÉONORE.

Que vous ne devez qu'à vous-même... Que vous
feraient les biens, les états donnés par le hasard? Quelque lieu que vous habitiez, quelques hommes que vous
y trouviez, n'êtes-vous pas certain de les avoir pour
amis, pour protecteurs et pour admirateurs? Ne
possédez-vous pas ce qui peut rendre heureux ? Vous
ne connaissez point cet ennui de la vie qui fatigue tous
les autres hommes... Heureux de vos idées, enivré
de vos grandes pensées, vous vivez dans un monde
idéal; vous le peuplez d'êtres surnaturels; vous éprou-
vez leurs passions, leurs désirs; vous exprimez leur
infortune, leur bonheur. Votre ame, toujours dans une
activité brûlante, ne quitte l'objet qui la charma que
pour en chercher un plus agréable : enfin votre vie
est un rêve continuel qui vous donne à la fois le plaisir
et la gloire.

LE TASSE.

Ah! madame, que vous êtes loin de connaître le
cœur d'un poète!... ce que vous appelez un bonheur
devient pour lui un tourment. Ce monde qu'il s'est
créé lui fait, il est vrai, chercher la solitude ; mais

cette solitude, qu'il embellit quelquefois des rêves d'une vive imagination, lui paraît bientôt fatigante. Il faut à chaque instant un nouvel aliment à son ame : cette ame, comme le feu le plus actif, dévore tout ; et, dès que sa flamme est éteinte, le laisse dans un état de satiété et d'ennui plus cruel que la souffrance... Et quand la vanité lui fait rechercher, après de longs travaux, les suffrages publics, c'est alors que commencent de nouveaux chagrins ; c'est alors que l'envie, l'injustice, la haine et toutes les viles passions déchaînées contre le talent, viennent empoisonner chaque jour de son existence... Mais je suppose que la gloire couronne enfin les fruits de cette délirante imagination... en connaît-il le prix ? si son ame qui ne peut échapper à tout ce qui est bon, à tout ce qui est beau a connu cette passion que l'on nomme amour... quel effet n'a-t-elle pas sur l'ame d'un poète, dont les sentimens toujours trop exaltés lui font redouter plus vivement tous les obstacles qui le séparent de l'objet aimé!... S'il aime... il ne sait plus qu'aimer... ambition, travaux, célébrité, tout est oublié... il n'a plus qu'une pensée, qu'un désir, qu'un sentiment ; c'est son amour... il voit celle qu'il adore dans tous les objets ; il la trouve partout : le cœur rempli de son image, il anime la nature entière de sa présence : enfin pour lui tout est amour ! il ne respire qu'amour ! il n'existe que par l'amour !...

ÉLÉONORE.

Je reconnais à ce langage l'exaltation ordinaire des poètes... mais s'il est vrai qu'il soit dans leur destinée d'être trop sensibles aux séductions de la beauté, si leur ame est toujours disposée aux plus vives passions, pour se garantir de leurs terribles suites, que ne prennent-ils une douce compagne? (*timide et embarrassée.*) Vous, par exemple, Torquato, ne croiriez-vous pas que, d'après votre caractère, il serait prudent de vous choisir parmi les femmes de ma cour une épouse...

LE TASSE.

Moi, madame?... et quelle est la femme qui peut m'offrir l'espoir du bonheur?

ÉLÉONORE.

En effet, il est tant d'unions malheureuses. Si l'hymen paraît vous offrir des chaînes trop pesantes, vous pouvez au moins, vous, conserver votre liberté. Il n'en est pas de même des personnes qui sont destinées à régner: dès leur naissance elles ne s'appartiennent plus. Leur main devient la récompense d'un combat, le gage d'une intrigue, le prix d'une province ; on les achète sans les voir, on les livre sans les consulter. Esclaves sous une couronne, elles n'ont de sentiment que celui qu'on leur commande, de réponse que celle qu'on leur dicte, et de bonheur que celui d'être délivrées de tout ce qui les accable, de l'étiquette, des courtisans, et des grandeurs.

LE TASSE.

Il est vrai, madame, que le sort d'une princesse... déjà l'on parle du vôtre... on dit, qu'entre plusieurs princes, le duc de Mantoue...

ÉLÉONORE.

Vous avez entendu dire... Quoi! mon frère manquerait à la parole qu'il ma donnée.

(Elle tombe dans la rêverie.)

LE TASSE.

Pardon, madame; en vous instruisant des bruits qui

circulent à la cour sur votre mariage prochain je n'ai
pas cru vous affliger.

ÉLÉONORE.

Si le sort me condamne à régner, ne me verrez-vous
pas avec joie porter une couronne?

LE TASSE.

J'envierai du moins le sort de vos sujets.

ÉLÉONORE.

Quelque lieu que j'habite, qui vous empêche d'y
suivre votre protectrice?

LE TASSE.

Oh! non, madame... Il faut qu'une éternelle absence... en terminant mes jours...

ÉLÉONORE.

Pourquoi ces idées sombres?... Allons, Torquato,
songez que vos talens vous placent tout près des souverains; ayez de l'ambition, vous trouverez un sou-
lagement à vos peines dans l'excès même de votre
renommée... J'y joindrai mes conseils, mon appui,
cet intérêt d'une sœur... Mais laissons cet entretien...
ne me parlez plus de votre avenir... Rappelez-moi
vos nobles fictions, redites-moi quelques-uns de ces
vers qui par leur douce harmonie me transportent vers
un monde céleste.

LE TASSE.

Le pourrai-je, madame? je crains que mon trouble...

ÉLÉONORE.

Je vous en prie.

(Elle s'assied pour écouter.)

LE TASSE.

J'obéirai.

« Au milieu des chrétiens, au printemps de son âge,
« Une vierge, unissant la pudeur au courage,

« Belle et vouant à Dieu l'oubli de sa beauté,
« Tempérait sa grandeur par son humilité.
« Avec les traits d'un ange et l'ame d'une reine
« Elle échappe aux regards de la foule mondaine.
« De sa profonde paix rien ne trouble le cours...
« Mais quel chaste réduit peut nous cacher toujours
« La beauté vertueuse, aimable, solitaire?
« Amour, nouvel Argus, découvrit ce mystère;
« Et lui-même au désir d'un jeune adolescent
« Révéla Sophronie et son charme innocent.
« Sous la loi des chrétiens Olinde est né comme elle,
« Aussi modeste amant que Sophronie est belle,
« L'infortuné languit dans un cruel lien,
« Désire, a peu d'espoir, et ne demande rien.

        (avec le plus grand trouble.)

« Elle, de son côté, rejette son hommage,
« Ou de ses feux discrets n'entend point le langage.
« Le jeune Olinde ainsi dans ses vœux abusé,
« Ou cache son amour ou le voit méprisé... ' »

Mille pardons... ma mémoire...

ÉLÉONORE.

Dans ce portrait de Sophronie mon frère a cru reconnaître des traits... S'il était vrai, Torquato, le peintre ne mériterait-il pas une récompense?

LE TASSE.

Ce portrait est trop au-dessous du modèle.

ÉLÉONORE, tirant une bague de son doigt.

Au nom de mon frère, acceptez cette bague.

LE TASSE.

Une bague que vous avez portée! (à part.) Ah! malheureux !

ÉLÉONORE.

Ce présent de la princesse à son poète, ne le croyez-vous pas digne de son talent ?...

____

(1) Ces vers sont extraits de la belle traduction de *la Jérusalem* par M. Baour-Lormian, mon confrère à l'Académie française. A. D.

LE TASSE.

Ce présent devient pour moi un talisman qui me fera triompher de tous mes envieux des rives de l'Arno, des courtisans de votre frère.

ÉLÉONORE.

Que peuvent-ils contre le génie?...

LE TASSE.

Maintenant, ils ne peuvent rien. Gage précieux d'une auguste princesse!... ah! quel effet magique il a sur tous mes sens!... Périsse ma Jérusalem plutôt que je perde la mémoire d'un si grand bienfait!...

ÉLÉONORE.

Calmez-vous, de grace... cet enthousiasme me fait craindre...

LE TASSE.

Excusez-moi, madame... mais que ne pouvez-vous lire au fond de ce cœur qui vous est dévoué... Ah! s'il m'était permis de peindre à vos yeux ce sentiment de vénération que tant de bonté m'inspire... c'est à vos genoux que j'implorerais la grace de déposer sur cette auguste main le gage respectueux de ma reconnaissance.

ÉLÉONORE.

Et pourquoi vous refuserais-je en ce lieu ce que je puis vous accorder en présence de mon frère, de toute ma cour.

(*Elle lui donne sa main à baiser.*)

SCÈNE VII.

BELMONTE, ÉLÉONORE, LE TASSE.

BELMONTE *paroît à l'entrée du bosquet et le surprend baisant la main de la princesse.*

Dieux ! quelle est ma surprise !

ÉLÉONORE, *reprenant son sang-froid.*

Belmonte ici !... s'il allait croire... (*haut.*) Prince, si vous fussiez arrivé un instant plus tôt, vous eussiez entendu comme moi les beaux vers du Tasse !... Quel charme est répandu dans son admirable poème... plus on l'entend...

BELMONTE, *ironiquement.*

Et plus on admire l'auteur.

ÉLÉONORE.

C'est la vérité : et c'est à mon admiration que le Tasse a dû la récompense que j'accordais à son talent au moment où vous êtes arrivé.

BELMONTE.

On a le droit d'être fier de ses talens, quand ils peuvent mériter de telles faveurs.

LE TASSE.

Je les dois plutôt à l'indulgence de la princesse qu'à mes propres mérites.

BELMONTE, *souriant malignement.*

Oui, je crois en effet qu'il y a beaucoup de bonté de la part de la princesse.

LE TASSE.

Si nos longs et pénibles travaux n'obtenaient quelque privilége, qui voudrait consumer ses jours pour s'élever au-dessus du vulgaire ?...

BELMONTE.

On se croit souvent très élevé, parce qu'il est des grands qui ont assez de bonté pour se mettre à votre niveau.

ÉLÉONORE.

Je vous entends, prince... Si quelque chose vous étonne dans ma conduite, nous en ferons juge mon frère, et nous verrons si vous avez le droit d'y trouver à redire.

BELMONTE.

Madame...

SCÈNE VIII.

BELMONTE, ÉLÉONORE, LE TASSE, FLORELLA.

FLORELLA.

Qu'est-ce que cela signifie donc, mon ami?.. L'autre dame qui est avec ma mère parle de m'emmener au château. Je ne veux pas vous quitter; vous seul êtes mon protecteur, vous seul avez droit à mon obéissance...

LE TASSE.

Eh bien ! Florella, vous m'obéirez, si, grace à la bonté de madame...

FLORELLA.

Oh ! je vois bien que vous n'avez pas dit à madame tous mes défauts, car elle me porterait moins d'intérêt. Quand elle saura, comme vous le dites, que je me mêle de tout ce qui ne me regarde pas, que je parle trop, et que je fais la petite dame...

ÉLÉONORE.

Dans un autre instant elle m'amuserait ; mais il
faut que je retourne au palais... Si vous voulez m'accompagner, prince Belmonte...

BELMONTE.

Madame, je suis à vos ordres.

SCÈNE IX.

BELMONTE, LA PRINCESSE, MARIA, LE TASSE, FLORELLA.

MARIA.

J'ai rempli toutes vos intentions , madame ; la
mère de cette jolie enfant est dans l'ivresse. (*au
Tasse.*) Vous ne nous en voudrez pas si nous nous
associons à vos bienfaits..... Torquato ! déjà j'esti-
mais votre personne, j'admirais votre esprit..... Ah !
pardon, prince Belmonte, je ne vous avais pas vu...
C'est le hasard, sans doute, qui vous a conduit auprès
de nous? (*bas à la princesse.*) C'est le plus grand
ennemi du Tasse...

ÉLÉONORE, bas à Maria.

Je le sais. (*haut.*) Mais il est temps de partir...
Le soleil commence à devenir ardent. Adieu, Torquato ; je m'applaudirai toujours de la visite que j'ai
faite à vos protégées, elles sont maintenant les miennes.
Adieu, ma jolie enfant, bientôt je vous reverrai.
(*à Torquato.*) N'oubliez pas de me la présenter aujourd'hui même.

FLORELLA.

Adieu, madame.

(Elle reconduit la princesse.)

SCÈNE X.

LE TASSE, FLORELLA.

LE TASSE, à lui-même.

Heureux Torquato!... Cette bague... elle ne me
quittera jamais!... Et cet insolent Belmonte... troubler
mon bonheur!...

FLORELLA.

Voilà encore mon ami qui parle seul comme à son
ordinaire. Ces grands génies n'ont besoin de personne
pour faire des conversations.

LE TASSE.

Ne m'a-t-elle pas dit: «Cette bague que j'ai portée...»
Oh! mille baisers!... Insensé!... ai-je pu croire que
quelque intérêt?...

FLORELLA.

C'est qu'il y a des momens où il me fait peur...
tout à coup son œil s'anime... et puis il lui échappe
des mots...

LE TASSE.

Mais rien a-t-il pu me faire soupçonner?... extra-
vagance, folie!.. Une femme qui doit régner, porter
ses regards sur un simple gentilhomme qui n'a d'autre
fortune que la bienveillance, peut-être la pitié des
princes... Rappelons ma raison; cherchons à me dis-
traire; parcourons cette forêt... J'ai besoin de retrou-
ver du calme pour paraître au lever du duc.

(Il sort.

SCÈNE XI.

FLORELLA, seule.

Comment donc! il s'en va!... Comme il avait l'air
agité!... On a bien raison de dire que les hommes
ne nous donnent que des chagrins.

FIN DU PREMIER ACTE.

ACTE SECOND.

Le théâtre représente un riche appartement du palais.

SCÈNE I.

BELMONTE, seul.

Peste soit de l'importun qui m'a interrompu au moment où je racontais au gouverneur mon aventure avec la princesse et le Tasse !... Je ne risque rien en prenant pour confident ce bon gouverneur. Moins je mettrai d'importance à ma nouvelle, plus il la prendra au sérieux. C'est un brave homme de guerre qui n'a qu'une seule idée, *la discipline militaire;* il croit tout ce qu'on dit, et dit tout ce qu'il sait.

SCÈNE II.

BELMONTE, PAZZINI.

PAZZINI.

Que diable m'avez-vous conté? le Tasse au lever de l'aurore avec la princesse!... Ah!

BELMONTE.

Mais qu'y a-t-il donc d'étonnant à ce rendez-vous? En vérité, mon cher gouverneur, par vos interprétations singulières vous feriez supposer des choses qui sont à mille lieues de ma pensée.

PAZZINI.

Mais par quel hasard Torquato se trouvait-il si
matin avec la princesse?

BELMONTE.

Ah! je l'ai bientôt su, il avait à lui lire des vers de
son poème.

PAZZINI.

Son poème! on ne parle que de son poème. J'en
ai entendu quelques chants..... est-ce que cela vous
amuse, vous, prince?

BELMONTE.

Oui, lorsqu'on n'en fait pas l'éloge.

PAZZINI.

Moi, il y a des instans où je crois que je m'endor-
mirais s'il ne me réveillait avec ses batailles. Convenons-en, il fait battre tous ces gaillards-là d'une bonne
manière: on croirait vraiment qu'il a fait la guerre.

BELMONTE.

Mais vous savez bien que c'est le duc Alphonse qui
lui a donné toutes ses connaissances dans l'art militaire.

PAZZINI.

Ah! je ne m'étonne pas. Mais enfin, revenons à
notre affaire: vous disiez qu'il débitait ses vers à la
princesse? Ce n'est pas si matin ordinairement, car
c'est au contraire le soir, dans le salon, qu'il nous
amuse... ou qu'il ne nous amuse pas.

BELMONTE.

C'était pour n'être pas troublé par les importuns
qu'il avait choisi cette solitude, et il faut supposer
que le Tasse ne lit vraiment bien ses ouvrages que
lorsqu'il est en tête-à-tête avec la princesse, car afin

d'être tout-à-fait seuls, on avait renvoyé la dame
d'honneur.

PAZZINI.

N'allez pas plus loin ; je ne croirai jamais ce que
vous me dites... Un poète ! des rendez-vous avec une
princesse, une souveraine bientôt !...

BELMONTE.

Savez-vous que votre colère devient un outrage
pour la princesse. Et quel mal pouvez-vous trouver à
un rendez-vous qui n'a pour but que de jouir du
charme de la poésie ! Que je suis heureux de n'avoir
pas comme vous l'esprit porté vers la défiance ! sans
cela j'aurais beau jeu à me laisser aller à des interprétations qui pourraient nuire tout-à-fait à la réputation
d'Éléonore. Que diriez-vous donc si, comme moi,
vous eussiez vu le poète Torquato, dans l'ivresse d'une
reconnaissance dont j'ignore le motif, se précipiter aux
pieds de la princesse et déposer sur sa main, qu'elle
lui abandonnait, d'ardens et de nombreux baisers ?

PAZZINI.

Par saint Jacques mon patron ! vos yeux vous ont
trompé...

BELMONTE.

Mais qu'y a-t-il dans cela qui puisse blesser la convenance ? La princesse Éléonore aime les beaux vers :
le Tasse les fait admirablement ; pour les entendre elle
cherche un endroit écarté, elle l'y fait venir ; elle écoute
le grand homme, et, enivrée de ses talens, elle lui ac-
corde une douce récompense. Cela est tout simple, et
je ne vois pas le plus petit motif à votre étonnement
et surtout au courroux d'Alphonse.

PAZZINI.

C'est très bien, très généreux de votre part...Voici le duc... le premier je vais lui parler.

BELMONTE.

Vous allez me compromettre.

PAZZINI.

Et comment le puis-je? puisque vous ne voyez aucun mal dans cette entrevue.

SCÈNE III.

BELMONTE, LE DUC, PAZZINI.

LE DUC, entre par le fond.

Oui, messieurs, nous allons partir dans un instant. Salut au gouverneur et au cher prince Belmonte.

BELMONTE.

Quoi! votre altesse part pour la chasse?

LE DUC.

Oui : c'est une partie que je viens d'arranger à l'instant. Le temps est superbe. Je ne vous invite pas à m'accompagner, prince Belmonte, je sais que vous aimez mieux faire la cour à nos dames que courre le cerf... Quant au gouverneur, il ne se trouve bien que dans l'intérieur de sa forteresse; il la croirait perdue s'il la quittait un instant.

PAZZINI.

Son altesse peut rire à mes dépens : mais il n'en est pas moins vrai que, grace à la discipline militaire que j'ai établie dans ses états...

LE DUC.

On vous accuse même d'être sévère : mais cette

sévérité est nécessaire ; je m'applaudis tous les jours d'avoir donné ma confiance à un guerrier tel que vous. Si le prince ne peut vous récompenser comme vous le méritez de votre zèle à le servir, vous savez que l'ami vous en tient un compte particulier.

PAZZINI.

Aussi l'ami veut-il vous donner une preuve de son dévouement en vous montrant tout l'intérêt qu'il porte à votre maison.

LE DUC.

De quoi s'agit-il donc, mon cher Pazzini?

BELMONTE, à part.

Ah ! M. le poète, nous verrons qui l'emportera de vous ou de moi.

PAZZINI.

Ceci est très embarrassant à dire... car enfin il faut que je vous parle de personnes que vous affectionnez...

BELMONTE.

En vérité, mon cher gouverneur, je ne sais comment vous pouvez mettre de l'importance à une bagatelle...

PAZZINI.

Son altesse ne peut pas voir comme vous dans une pareille affaire... l'honneur de sa maison ne le permet pas.

LE DUC.

L'honneur de ma maison!... eh! mais c'est du sérieux... savez-vous que vous m'effrayez?... Au fait, de quoi s'agit-il?

PAZZINI.

De Torquato, de ce poète que vous appelez un grand homme...

BELMONTE, à part.

Que j'aurai le plaisir de voir chasser de ces lieux.

LE DUC.

Oui, sans doute, je l'appelle un grand homme, et je ne suis que l'écho de l'Europe entière.

PAZZINI.

Je ne conçois pas que pour des mots on fasse tant de bruit dans le monde! Il ne saurait peut-être pas faire marcher un régiment.

LE DUC.

C'est possible... mais cela s'apprend; et ce qui ne s'apprend pas, c'est le génie!... Enfin que voulez-vous à mon ami Torquato?

PAZZINI.

Eh bien, puisqu'il est de mon devoir de tout vous dire... il était question d'une rencontre... mais notre princesse Éléonore est si respectable!...

LE DUC.

Quoi! c'est de la rencontre de ma sœur avec le Tasse dans la forêt, du plaisir qu'elle a eu à entendre quelques morceaux de son poëme, de sa main qu'elle lui a donnée à baiser... c'est de cela que vous voulez me parler?... et pourquoi prendre tant de précautions pour me dire une chose que je tiens de la bouche même de ma sœur.

BELMONTE, à part.

Oh! les femmes!...

LE DUC.

Mais savez-vous, messieurs, que si la princesse apprenait que vous avez pu mal interpréter sa conduite, elle vous en saurait fort mauvais gré.

BELMONTE.

C'est ce que j'ai dit au gouverneur: que je ne concevais pas qu'il pût voir une inconvenance dans un événement si simple.

PAZZINI.

Ah ! c'est vrai : il me l'a dit.

LE DUC.

Mais laissons cela, messieurs. Prince Belmonte, comme je compte être absent toute la journée et peut-être une partie de la nuit, j'ai des ordres à donner au gouverneur. Permettez que je lui parle quelques instans.

BELMONTE, à part.

Quoi qu'il en dise, le coup est porté.

(Il sort.)

SCÈNE IV.

LE DUC, PAZZINI.

LE DUC.

Tu t'étonnes, Pazzini, de mon sang-froid à l'égard de l'entrevue de ma sœur avec le Tasse ?

PAZZINI.

J'avoue que votre modération à ce sujet me con-fond... Non pas que je croie coupable...

LE DUC.

Aucun d'eux ne peut l'être : je connais ma sœur ; quel que soit le genre d'intérêt qu'elle prenne au Tasse, je n'ai point à craindre qu'elle se laisse entraîner à des démarches inconsidérées.

PAZZINI.

Je ne dis pas qu'il faille prendre un parti violent ; mais on pourrait cependant, sous prétexte d'un voyage, d'une mission, éloigner ce poëte... Ces diables de

gens-là avec leurs belles paroles, leur habitude de
flatter les femmes...

LE DUC.

Que tu connais peu, mon ami, l'homme dont tu
parles... L'as-tu donc assez peu observé pour voir qu'il
ne ressemble point aux autres mortels... Lui flatter !
la fierté est la base de son caractère : dédaigneux des
places, des honneurs... J'ai voulu l'enchaîner par
des bienfaits... il a tout repoussé avec orgueil. Ce
qu'il veut, avant tout, c'est sa liberté, son indépendance.

PAZZINI.

Votre altesse a beau dire ; à sa place, je prierais notre
poète (il est vrai que je ne suis pas très épris des beaux
vers) d'aller chanter ailleurs les autres princesses de
l'Italie.

LE DUC.

Je m'en garderai bien ! ah ! si l'on savait seulement
qu'il existe entre nous quelque refroidissement, tous
les souverains s'empresseraient de l'attirer dans leur
cour. Déjà Charles IX a voulu le retenir en France,
Clément VIII l'appelle à Rome, Médicis à Florence,
Philippe d'Este à Turin, Mafé Venerio à Venise...
J'y ajouterais cent autres noms illustres !...Tous veulent
le protéger, l'attacher à leur personne, tous veulent
avoir part aux travaux de ce grand poète !...Son talent
admirable, en puisant dans nos anciennes chroniques,
a donné une nouvelle vie à ce qui existait à peine dans
la mémoire de quelques hommes. Et qui, sans le Tasse,
connaîtrait tous les héros qui combattirent pour le saint
Sépulcre ? Et qui, plus que moi, peut se louer de ses
nobles travaux ? Il a tiré mes ancètres de l'obscurité

des tombeaux... partout leur gloire resplendit : enfin il a répandu sur ma maison un éclat qui me rend l'objet de l'envie de tous les princes... Le Tasse, mon ami, est un homme dont les paroles magiques distribuent la gloire; être chanté par le Tasse, c'est acquérir l'immortalité.

PAZZINI.

C'est singulier ! je n'aurais pas cru que quelques paroles arrangées avec art pussent produire tant d'effet. Je savais depuis long-temps qu'on devient un héros quand on se bat bien ; mais j'ignorais que si l'on n'a pas là quelqu'un pour le bien dire, on risque fort que le monde n'en sache rien. Cela commence à me faire estimer davantage l'écriture et... tout ce qui s'ensuit.

SCÈNE V.

LE TASSE, LE DUC, PAZZINI.

LE DUC.

Eh bien, mon cher Torquato, j'étais impatient de vous voir...

LE TASSE.

Son altesse veut bien me pardonner mon peu d'exactitude ?

LE DUC.

Ah! surtout aujourd'hui. Dites-moi, n'en voulez-vous pas à ma sœur de cet excès de curiosité qui l'a portée à désirer connaître cette jeune personne et sa mère qui doivent l'existence à vos bienfaits?

LE TASSE.

Quoi! monseigneur, on vous a dit?...

LE DUC.

Si je ne savais pas ce que font de bien mes meilleurs amis, aurais-je un jour l'espoir de les récompenser comme ils le méritent... Je sais de plus que ma sœur, heureuse de vous rencontrer dans votre retraite, a abusé de votre complaisance en vous demandant de lui redire vos beaux vers.

LE TASSE, à part.

Comment, il sait aussi...

LE DUC.

Vous êtes étonné de ce que je sois si bien instruit; mais ma sœur, qui me ressemble beaucoup par le caractère, ne sait pas cacher le plaisir qu'elle éprouve... elle m'a tout dit.

LE TASSE, à part.

Et moi qui croyais avoir obtenu une faveur! insensé !

LE DUC.

Pourquoi ne m'avoir pas parlé de cette femme indigente dont le mari périt à mon service?

LE TASSE.

Quand j'eus le bonheur de la sauver d'une mort que le désespoir lui fit chercher dans les flots, elle avait déjà présenté le tableau de son affreuse position à vos ministres.

LE DUC.

Cela est possible. Torquato me connaît assez pour savoir que si j'avais appris son infortune, j'aurais su la réparer... Que ne s'adressait-elle à moi ?

LE TASSE.

Le pauvre n'approche pas les princes aussi facilement qu'il le devrait peut-être.

PAZZINI, au duc.

Cela ressemble à un reproche.

LE DUC, à Pazzini.

Convenons-en, il a raison. (*haut.*) Ma sœur m'a charmé lorsqu'elle m'a dit qu'elle allait partager cette bonne action : oui, qu'elle prenne près d'elle cette jeune fille dont vous avez commencé l'éducation, c'est moi qui, lorsqu'il en sera temps, me charge de sa dot.

SCÈNE VI.

LE TASSE, UN OFFICIER. LE DUC, PAZZINI.

L'OFFICIER.

Votre altesse ne peut encore partir pour la chasse : il vient d'arriver un courrier de votre ambassadeur près du duc de Mantoue, chargé pour vous de ces dépêches importantes.

(Il remet un paquet.)

LE DUC.

En effet, voici qui me retarde, au moins pour un instant. Cette grande affaire qui a éprouvé tant de difficultés, serait-elle enfin terminée ? Je n'ose l'espérer. Que tout le monde se retire, excepté le gouverneur et le Tasse.

(Tout le monde sort.)

SCÈNE VII.

LE TASSE, LE DUC, PAZZINI.

LE DUC, décachetant.

Mes chers amis, quel bonheur ! ce que je souhaitais avec tant d'ardeur, ce que je croyais rompu par l'in-

trigue d'un autre cabinet, vient enfin d'être terminé
à ma satisfaction complète.

PAZZINI.

Et quel est donc cet événement heureux ?

LE DUC.

Le mariage de ma sœur avec le duc de Mantoue.

LE TASSE.

Le mariage de la princesse. (*à part.*) Ah! Dieu !

LE DUC.

Mon ambassadeur auprès de son altesse me marque
que, graces au portrait de ma sœur qu'il a su adroitement lui faire voir, tous les obstacles que la cour de
Modène cherchait à opposer à ce mariage ont été levés
en un instant : de plus, il me prie de remettre de sa
part cette lettre à ma sœur ; et dès demain, si la princesse daigne accepter ses vœux, son ambassadeur arri-
vera pour la fiancer et lui remettre les présens d'usage.

LE TASSE.

Demain il arrive ! demain. (*à part.*) Je ne puis
parler.

LE DUC.

Oui, mon cher Torquato... Gouverneur, vous n'a-
vez pas un instant à perdre... Donnez vos ordres à
la garnison et faites disposer le palais : que tout soit
digne de la réception de cet envoyé, du rang de mon
futur beau-frère et de la famille dont il va faire partie.

LE TASSE, à part.

Ils n'ont tous que de l'orgueil.

PAZZINI.

Cette nouvelle me réjouit tellement que je vais
mettre le plus grand zèle à remplir vos ordres.

LE TASSE, à part.

Marchez, esclaves ! voilà les hommes qu'il leur faut.

(Pazzini sort.)

SCÈNE VIII.

LE DUC, LE TASSE.

LE DUC, à part.

Le Tasse paraît occupé, ses traits semblent même altérés. Pourrais-je donner croyance... Non, cela est impossible !...

LE TASSE, à part.

Que sa présence me gêne !... Je ne puis respirer librement...

LE DUC.

Qu'avez-vous ? est-ce quelque chagrin... Je vous l'ai dit cent fois : rappelez-vous que je suis votre ami, et que s'il est en mon pouvoir d'adoucir...

LE TASSE.

Votre altesse a trop de bonté... mais...

LE DUC.

Je ne porterai pas plus loin mes regards, je veux mériter la confiance de mes amis ; mais je n'arrache pas leurs secrets.

LE TASSE.

La grandeur, la puissance seront toujours un obstacle à l'amitié.

LE DUC.

Vous avez raison pour le commun des hommes ; mais quel est le prince qui ne s'honorerait pas d'être l'ami de Torquato ?

5

LE TASSE.

On ne s'honore point d'avoir un ami dont la misère...

LE DUC.

Qui empêche qu'on ne la répare?

LE TASSE.

Torquato, qui n'y consentira jamais... Permettez-moi, monseigneur, de me retirer.

LE DUC.

Vous ne pouvez me quitter en ce moment: j'ai un service à vous demander.

LE TASSE.

Mon devoir est d'être à vos ordres.

LE DUC.

Vous le savez, ma sœur a beaucoup d'amitié pour vous, elle vous traite plutôt comme un frère que comme un simple officier du palais.

LE TASSE.

Je suis fier de mériter ce sentiment ! la princesse est une femme si supérieure à son sexe...

LE DUC.

Tous les jours je m'aperçois qu'il suffit d'un mot de votre bouche pour la ranger à votre opinion.

LE TASSE.

Souvent elle daigne m'écouter avec bienveillance, j'en conviens.

LE DUC.

Elle va le faire encore, si vous lui parlez conformément à ses intérêts..... à l'honneur de ma maison.

LE TASSE.

Je suis peu propre à traiter de grands intérêts.

LE DUC.

Vous ne le ferez croire à personne. Quand on lit

vos ouvrages , n'y trouve-t-on pas toutes les connaissances réunies , n'excellez-vous pas dans l'art de la
politique?

LE TASSE.

Je ferai ce que vous m'ordonnerez. Que veut de
moi son altesse ?

LE DUC.

Vous savez que je chéris tendrement ma sœur; un
jour , il y a peu de mois , que j'avais trouvé plus de
charme encore dans sa société, après quelques douces
paroles où je lui témoignais le bonheur que j'éprou-
vais de l'avoir près de moi, elle me fit promettre que
je ne la sacrifierais jamais à des raisons politiques;
que si l'union qu'elle aurait pu désirer ne me con-
venait pas, elle ne demandait qu'à ne me point
quitter, à finir ses jours près de moi. Entraîné par
ma tendresse , par l'espoir de ne pas m'en séparer, je
promis étourdiment tout ce qu'elle voulut ; et depuis
ce temps , dès que je lui parle d'un hymen qui peut
satisfaire mon ambition , elle me rappelle ma promesse:
cette fois pour n'avoir pas à craindre de nouveaux
refus, je ne l'ai point consultée sur le lien que je dé-
sirais former avec le duc de Mantoue : tout est ar-
rangé, tous les obstacles sont levés, et c'est à vous ,
à votre éloquence , à votre amitié pour moi, que je
remets le soin de retirer une promesse que je n'aurais
dû jamais avoir la faiblesse de lui faire... Grace à
vous elle sentira que le devoir d'une princesse est de
sacrifier son bonheur à l'intérêt de sa famille , à la
tranquillité de l'état.

LE TASSE, à part.

Et c'est moi qui dois...

LE DUC.

Voici la lettre que le duc de Mantoue lui écrit, vous
la lui remettrez vous-même. Je vous laisse, Torquato,
et j'emporte l'espoir que vous me servirez comme
vous serviriez votre meilleur ami.

(Il sort.)

SCÈNE IX.

LE TASSE, seul.

Comme avec de fausses politesses les grands vous
dictent leurs ordres ! Il m'impose la loi de dire à la
princesse, fuyez-moi, abandonnez-moi, donnez votre
amour à un autre... Ai-je donc le droit d'y prétendre!
Et parce que je n'ai pu être insensible à tant de charmes,
à tant de vertus, est-ce un titre pour avoir des droits
à son cœur? J'entends du bruit, portons mes pas
vers la princesse... mais c'est elle que j'aperçois.

SCENE X.

LE TASSE, ÉLÉONORE.

LE TASSE, à part.

O ciel! donne-moi la force d'obéir au duc, l'honneur m'en fait un devoir.

ÉLÉONORE.

Mon frère vient de me faire dire que vous aviez
quelque chose d'important à me communiquer.

LE TASSE, à part.

Je ne puis trouver de parole : le trouble où je suis,
sa présence, la situation nouvelle...

ÉLÉONORE.

Ce que vous avez à m'apprendre ne peut être que fâcheux pour moi, car je lis sur vos traits une expression de chagrin.

LE TASSE.

Je conviens que la nouvelle subite de votre royal
hymen...

ÉLÉONORE.

Qu'entends-je?

LE TASSE.

Quel est celui de vos serviteurs qui, ayant le bonheur de vous approcher tous les jours, n'éprouve à
l'instant de se séparer pour jamais de votre altesse
une douleur profonde!

ÉLÉONORE.

Il est donc vrai, mon frère vient enfin d'arrêter
mes brillantes destinées... Et quel est celui des princes
d'Italie auquel on doit livrer ma main?

LE TASSE.

Le duc de Mantoue.

ÉLÉONORE.

Ah! c'est le duc!...

LE TASSE.

Cette apparente satisfaction me fait voir que ce
choix ne paraît pas indigne de vous.

ÉLÉONORE.

Je ne croyais pas que l'expression de l'étonnement
pût être si singulièrement interprétée.

LE TASSE.

Comme il entre dans mes devoirs de disposer votre
cœur à cet hymen, je dois saisir avec empressement
tout ce qui peut contribuer au succès des projets de
votre frère.

ÉLÉONORE.

Ah! c'est donc vous qu'il a chargé d'être auprès de moi l'organe des sentimens du duc de Mantoue?

LE TASSE.

Mes devoirs ne s'étendent pas si loin, et quelque puissant que soit le duc de Ferrare, je me trouverais dans l'impossibilité de lui obéir.

ÉLÉONORE.

Et que veut-il donc de vous?

LE TASSE.

Comme il sait que vous avez la bonté de m'écouter avec bienveillance, il espère que j'aurai assez de pouvoir sur votre esprit pour vous engager à lui rendre la parole qu'il vous avait donnée de ne point contraindre votre cœur.

ÉLÉONORE.

J'entends! C'est donc à cela seul que se borne la mission dont mon frère vous a chargé?

LE TASSE.

Il m'a remis de plus cette lettre du duc de Mantoue qui, sur la simple vue de votre portrait, s'est vivement épris de votre auguste personne.

ÉLÉONORE.

Je suis enchantée d'avoir fait, sans m'en douter, cette illustre conquête. Il est donc bien épris de mes charmes?

LE TASSE.

Tellement, qu'il ne met point de borne à son impatience, et que dès demain son envoyé se présentera devant vous pour fiancer son maître et vous offrir les présens d'usage.

ÉLÉONORE, vivement.

Demain... demain, Torquato. cela est bien prompt.

Mon frère vient d'agir en adroit politique : il sait que plus il aura mis de promptitude à former ces nœuds, plus je trouverai de difficultés à les rompre.

LE TASSE.

Quoi ! madame, votre intention serait de vous opposer...

ÉLÉONORE.

Sais-je ce que je puis, ce que je dois faire ?... mais en attendant que je prenne un parti, il est indispensable que je sache ce que contient cette lettre.

LE TASSE.

Madame, la voilà.

ÉLÉONORE.

Puisque vous devez me disposer à cet hymen, n'est-ce pas à vous de me faire connaître cet écrit... de l'appuyer du secours de votre éloquence ? Le pouvoir que vous avez sur mon esprit...

LE TASSE.

Ah ! madame, ai-je mérité qu'une amère ironie !...

ÉLÉONORE.

Peut-être ai-je tort... mais j'éprouve un tel chagrin, qu'il me serait impossible... Torquato, lisez, je vous l'ordonne.

LE TASSE.

Quel que soit le trouble qui m'agite, je dois vous prouver mon respect par mon obéissance. (*lisant avec une grande émotion.*) « Le duc de Ferrare « m'a permis d'adresser mes vœux à votre altesse. Si « des raisons d'état m'ont fait rechercher d'abord votre « honorable alliance, depuis que le hasard a remis en « mes mains votre portrait, je ne saurais vous expri- « mer le sentiment qu'il a fait naître en moi... Étran-

« ger à l'amour, je n'en connais pas le langage ; mais
« si cet amour peut contribuer à votre bonheur... »
(*son émotion redouble.*) Pardon, madame, mais je
ne sais quel nuage en se répandant sur mes yeux...

ÉLÉONORE.

Vous paraissez souffrir !

LE TASSE.

Non, madame, excusez-moi... mais... je...

ÉLÉONORE, *dans le plus grand trouble.*

En effet, vous pâlissez... revenez à vous... donnez-
moi cette lettre... quel embarras... que de malheurs
j'entrevois !... votre pâleur redouble encore, je le conçois... une contrainte si longue... moi-même j'ai
contribué à vos souffrances en exigeant... pardon,
Torquato, je ne sais plus ce que je dis... J'entends
du bruit, déjà la nouvelle de cet hymen est répan-
due dans le palais ; ils vont tous venir pour me com-
plimenter... Grand Dieu ! nous n'avons pas un instant
à perdre... je dois vous voir bientôt ; amenez-moi
votre jeune pupille ; c'est un motif... C'est dans les
petits appartemens que je vous recevrai... il faut absolument que je vous parle... Ah ! Torquato, quel
malheur nous menace !

LE TASSE.

Ce touchant intérêt, cette pitié que vous daignez
me montrer...

ÉLÉONORE.

Paix ! on entre.

SCÈNE XI.

LE TASSE, ÉLÉONORE, MARIA.

MARIA.

Ah ! madame, c'est une joie générale dans le palais : on vient d'apprendre qu'avant peu vous allez devenir duchesse de Mantoue.

ÉLÉONORE.

Il suffit, Maria… ; jusqu'à présent j'avais cru que vous aviez de l'amitié pour moi…

MARIA.

Pardon, madame, je n'aurais jamais imaginé que cette nouvelle dût vous affliger.

ÉLÉONORE.

Parce que vous me supposez une ame ambitieuse.

MARIA, à part.

Eh quoi ! cet hymen déplairait à la princesse. (*elle aperçoit le Tasse.*) Le Tasse !… leur émotion… quelle lumière !

SCÈNE XII.

LE TASSE, PREMIER COURTISAN, DEUXIÈME COURTISAN, BELMONTE, ÉLÉONORE, MARIA, courtisans dans le fond.

ÉLÉONORE, à part.

Je l'avais dit qu'ils viendraient tous me fatiguer de leurs hommages.

LE TASSE, à part.

Oh ! non, je ne croirai jamais qu'elle rejette une couronne ; repoussons cet orgueil.

BELMONTE.

Avec quel empressement, madame, nous venons mettre aux pieds de la nouvelle duchesse nos félicitations...

DEUXIÈME COURTISAN.

On dit que le duc joint aux charmes de sa personne
les agrémens...

PREMIER COURTISAN.

On le dit également un guerrier célèbre.

DEUXIÈME COURTISAN.

Il serait digne d'être chanté par Torquato.

BELMONTE, *ironiquement*

C'est à lui que nous devrons l'épithalame. Son
génie...

ÉLÉONORE.

Son génie ne s'abaisse pas à de pareils sujets... il
ne sait chanter que la grandeur du Tout-Puissant et
les hauts faits des héros. Je reçois tous vos compli-
mens, messieurs; mais des devoirs m'appellent dans
mon appartement; je vous ferai dire quand je pourrai
vous recevoir... Torquato, c'est moi qui veux répondre à mon frère; en attendant, souvenez-vous
que vous devez me présenter votre pupille... bientôt... Suivez-moi, Maria.

SCÈNE XIII.

**LE TASSE, PREMIER COURTISAN, BELMONTE,
DEUXIÈME COURTISAN**, LES COURTISANS. (Le
Tasse à l'un des coins du théâtre, les courtisans du
côté opposé.)

LE TASSE.

Je la reverrai donc encore.—Eh quoi! toujours ces
courtisans... ils me fatiguent de leur présence.

DEUXIÈME COURTISAN.

Ne trouvez-vous pas au Tasse un air d'embarras?..

PREMIER COURTISAN.

Le départ de la princesse le culbutera tout-à-fait.
Nous serons aussi vengés par le public : vous savez ce
que fait l'académie de la Crusca?

BELMONTE.

Est-ce qu'elle fait quelque chose?

PREMIER COURTISAN.

Eh! sans doute! une critique de la Jérusalem dé-
livrée.

BELMONTE

C'est ce qu'elle aura fait de mieux.

LE TASSE.

Pas un ne m'adresse la parole... ils croient que j'ai
perdu la faveur du prince.

PREMIER COURTISAN.

L'on ne vous a pas parlé du libelle qui paraît
contre lui, où l'on prouve que son admirable ouvrage
n'a pas le sens commun : on le traite comme un misérable.

DEUXIÈME COURTISAN.

Eh bien, malgré ce libelle, à Rome il est question
de lui rendre des honneurs.

PREMIER COURTISAN.

Pas possible?... c'est affreux... (*à part.*) Ce soir
j'irai lui en faire mon compliment.

LE TASSE.

Envieuses créatures!.. Sortons... Au milieu de tous
ces automates dorés je n'ai trouvé qu'un cœur qui ré-
pondit au mien; et le sort me l'enlève! Ah! Torquato,
tu n'es pas né pour être heureux.

(Il sort.)

SCENE XIV.

PREMIER COURTISAN, BELMONTE, DEU-XIÈME COURTISAN, LES COURTISANS.

BELMONTE.

Mes amis, ne le perdons pas de vue... je suis à la piste de certaine intrigue... en dépit de lui-même notre ennemi se trahira. Vous savez combien il est violent, furieux... je puis en irritant ses passions, en provoquant sa colère l'entraîner dans un piège. Oui, c'est sur son caractère seul que je fonde le succès de mon projet : et je veux être le plus maladroit des courtisans si je ne parviens à faire sauter, aujourd'hui même, cet odieux favori des princes et des belles.

FIN DU DEUXIÈME ACTE.

ACTE TROISIÈME.

Le théâtre représente un petit salon de l'appartement de la princesse.

SCENE I.

MARIA ÉLÉONORE.

MARIA.

Chère princesse, quelle est donc la cause du trouble qui vous agite?

ÉLÉONORE.

Puis-je te le dire? Non, jamais je n'ai senti plus vivement la rigueur de mon sort... Quitter mon frère, ce séjour de ma naissance... m'éloigner de toutes les personnes qui me sont chères!

MARIA.

Tôt ou tard vous deviez vous attendre à ce changement dans votre situation. Quand vous aurez quitté Ferrare pour de plus hautes destinées, cette cour va perdre tous ses charmes. Au nombre des personnes qui vont regretter votre présence, j'en connais une...

ÉLÉONORE.

Ah! tu peux la nommer... infortuné Torquato!... en butte à la haine, à la basse jalousie des courtisans qui finiront par te nuire dans l'esprit du duc, que deviendras-tu loin de ta protectrice?

MARIA.

Il est vrai qu'il a tout à craindre de ses ennemis. Déjà cet indigne Belmonte répand parmi les dames de la cour les calomnies les plus atroces, calomnies qui

retombent sur votre altesse : il prétend que le Tasse
brûle pour vous des plus tendres feux.

ÉLÉONORE.

Maria, je dois l'avouer, je le crois aussi ; et pourtant il n'a jamais dit un mot qui dût prouver un
amour qu'il m'est impossible d'ignorer. Si, lorsque je
le vois tremblant par la distance qui nous sépare, par
les respects dont on m'environne, je lui montre l'intérêt d'une amie, les prévenances d'une sœur, sa reconnaissance le rend si heureux de cette légère préférence que ses traits s'embellissent encore de son
bonheur ! Je deviens pour lui un être surnaturel qu'il
voudrait honorer d'un culte public : le lieu que j'habite
lui paraît un temple ; alors ses idées s'exaltent, sa voix
s'élève, son œil étincelle, et les mots entrecoupés qui
s'échappent de sa bouche me semblent moins les ex-
pressions de l'amour, que celles d'une adoration qu'il
adresse à la divinité.

MARIA.

Ah ! par ce que vous venez de me dire, je ne suis
pas étonnée de son trouble, de l'agitation qu'il a
éprouvée en vous remettant la lettre du duc.

ÉLÉONORE.

Il me serait impossible de te peindre ses tourmens.
Aussi ai-je voulu le revoir pour le tranquilliser, pour
lui dire que je veillerai sur son sort... Oui, j'en suis
sûre, Maria, si je le quittais avec indifférence, si je
ne lui témoignais pas l'intérêt que je prends à sa gloire...
à son bonheur... il en mourrait ! Et moi, quel prix
à mon tour pourrais-je mettre à la vie !.. Oui, voyons-
le... que mes paroles calment au moins cette âme brûlante, exaltée... ah !... lui !... me comprendra.

SCENE II.

MARIA, ÉLÉONORE, une dame.

LA DAME.

Le seigneur Torquato demande l'honneur de saluer
votre altesse ; il est accompagné d'une très jeune fille.

ÉLÉONORE.

Vous pouvez les faire entrer. (*la dame sort.*)
Affectons un calme qui n'est pas dans mon cœur. Reste
ici, Maria, avec cette enfant.

SCENE III.

MARIA, ÉLÉONORE, FLORELLA, LE TASSE.

FLORELLA.

Ah ! mon Dieu ! que c'est donc beau tous ces appartemens !

LE TASSE.

Madame, j'obéis à vos ordres en vous présentant
ma Florella, mon aimable pupille.

FLORELLA.

Vous m'aviez dit, mon ami, que je verrais la princesse ; où donc est-elle ?

LE TASSE.

Etourdie !... vous ne voyez pas...

FLORELLA.

Mais non... c'est la dame qui est venue nous voir...
ce n'est pas la princesse ; une princesse doit être bien
autrement.

ÉLÉONORE.

Vous ne voulez donc pas me reconnaître comme
telle ?

FLORELLA.

C'est que je m'attendais à avoir peur devant la
princesse ; et auprès de vous je ne ressens que le plaisir de vous revoir.

ÉLÉONORE.

Connaîtrait-elle déjà la flatterie?

LE TASSE.

Je ne le crois pas... elle dit ce qu'elle éprouve. Vous
désiriez me parler, madame?

ÉLÉONORE.

Oui, Torquato : asseyons-nous, et écoutez-moi
tranquillement. (*Florella et Maria s'éloignent; elles
vont s'asseoir presqu'au fond du théâtre; la jeune
fille regarde Maria qui brode au métier.*) J'ai désiré
avoir avec vous un dernier entretien, pour vous demander d'abord quelques conseils sur ma situation présente.

(Toute cette scène doit être dite à voix basse, et si la voix du Tasse s'élève un peu,
ce n'est qu'aux seuls endroits qui sont indiqués par la crainte qu'éprouve Éléonore qu'il ne soit entendu de Maria.)

LE TASSE.

Moi, vous donner des conseils, madame? c'est à
votre raison, à votre cœur qu'il faut les demander.

ÉLÉONORE.

J'espérais pourtant qu'avant notre séparation...

LE TASSE.

Notre séparation!... puisque son altesse a prononcé
ce mot, je dois supposer qu'elle a déjà accepté les pro-
positions du duc de Mantoue...

ÉLÉONORE.

Je ferai tout pour les éloigner ; mais je connais
mon frère : sous des formes aimables, il cache une
obstination dont il me sera peut-être impossible de
triompher.

LE TASSE.

Et pourquoi opposer des obstacles, puisque d'avance
vous êtes certaine de céder ?

ÉLÉONORE.

Quels moyens donnerez-vous à une femme , à une
princesse, sous la puissance d'un frère , et sous le joug
de sa naissance , de ne faire que sa volonté ?

LE TASSE.

Ah ! pardonnez. J'oublie toujours ce joug de la
naissance...

ÉLÉONORE.

C'est pourtant la seule cause de mon malheur et du
vôtre peut-être... songez que demain cet envoyé...

LE TASSE.

Demain aura vu mon départ de ces lieux.

ÉLÉONORE.

En effet, vous devez partir, vous éloigner. J'espère
que dans cet exil volontaire, vous conserverez un
souvenir de l'infortunée...

LE TASSE.

Moi, perdre le souvenir de vos bontés ! Ah ! madame, croyez que votre image ne s'effacera jamais de
ma mémoire... que vos traits... cette beauté tou-
chante... cet esprit sublime...

ÉLÉONORE.

Arrêtez, Torquato ; ah ! si le ciel m'accorda quelques avantages, je n'en ai senti le prix que depuis que
vous les avez chantés.

LE TASSE.

Moi, je ne me connais de talent que depuis qu'un
heureux hasard m'a rapproché de votre frère. Depuis
ce temps, je ne sais quelle agitation... il me semble que

7

je respire un nouvel air; le sentiment secret qui remplit mon cœur agrandit encore mes idées, et l'amour...

ÉLÉONORE, toute effrayée.

Parlez plus bas : nous ne sommes pas seuls.

LE TASSE.

Oui, toujours la contrainte...

ÉLÉONORE.

La convenance... Vous me parliez, Torquato, du jour où vous me fûtes présenté.

LE TASSE.

Il y a deux ans. Ce jour ne s'effacera jamais de ma mémoire.

ÉLÉONORE.

Et moi aussi, je suis loin de l'avoir oublié.

LE TASSE.

Eh quoi? lorsque je me permis de lever les yeux, lorsqu'ébloui de tant de charmes, ma voix ne put exprimer l'admiration... vous daignâtes vous apercevoir de l'émotion qui s'était emparée de moi.

ÉLÉONORE.

En ce moment, tout occupée de l'homme dont la réputation avait déjà frappé mon oreille, je ne remarquai votre trouble que pour chercher à cacher le mien.

LE TASSE.

Ah! quelle fut mon ivresse lorsque le duc me proposa d'être un officier de sa maison! Je ne me rendis point compte de cette joie intérieure, je me dis seulement: je la verrai tous les jours !

ÉLÉONORE.

Et moi, dès que je connus la franchise de votre caractère, la générosité de votre cœur, je ne vis plus que vous parmi mes courtisans.

LE TASSE.

Oh! vous ne vous rappelez pas le moment où dans
une chasse, emportée par votre coursier...

ÉLÉONORE.

Si je me le rappelle! voulant échapper au danger,
j'allais me précipiter...

LE TASSE.

Je vous reçus dans mes bras.

ÉLÉONORE.

Vous me pressâtes contre votre cœur...

LE TASSE, avec le plus vif transport.

Avec un bonheur! une ivresse!...

ÉLÉONORE, effrayée.

Parlez plus bas... Et le soir, quand vous lisiez vos
vers ; que mon frère et toute la cour vous comblaient
de leurs éloges... moi, je ne disais rien, je vous
adressais un seul regard.

LE TASSE.

Ah! vous ignorez que pour l'obtenir ce regard, je
vous apportais le travail de mes nuits... Sans vous...
sans vous seule... sans ce charme qui m'appelait
vers vous, j'aurais comme tous vos courtisans peut-
être passé ma vie dans l'oisiveté... je n'aurais pas terminé mon ouvrage... Mais vous étiez là... je voulais
vous plaire!... Tous les jours, j'invoquais Éléonore
comme ma muse, je demandais qu'elle me remplît de
son souffle divin; son nom venait bientôt échauffer
mon ame, les plus vives pensées se présentaient à
mon imagination, leur abondance me fatiguait quelquefois; mais le désir d'arriver à mon but me faisait
triompher de tous les obstacles... Ce doux nom d'E-
léonore se mêlait à ceux de mes héros... je la re-

trouvais dans la douceur d'Herminie, dans tout ce qui m'offrait une beauté, une vertu : cette énivrante image sans cesse devant mes yeux m'enflammait... et j'écrivais.

ÉLÉONORE.

Et moi, ces beaux vers que j'inspirais me semblaient être aussi une partie de vous-même... tous vos héros étaient parés de vos vertus, de votre générosité ; et quand votre voix exprimait leur amour... il me semblait que j'en étais l'objet. Aussi toutes vos pensées se gravaient dans mon cœur. Rentrée dans mon appartement, je me plaisais à les redire... et je ne songeais à vos ouvrages que pour penser encore à vous.

LE TASSE.

Éléonore! dois-je croire?

ÉLÉONORE.

Calmez-vous, on entre.

SCÈNE IV.

MARIA, FLORELLA, UNE DAME, ÉLÉONORE,
LE TASSE.

LA DAME.

Le prince Belmonte demande à voir son altesse ; il prétend qu'on l'a calomnié près d'elle... il appellera en témoignage le brave Pazzini ; enfin il veut absolument se justifier lui-même.

ÉLÉONORE.

Non, je ne veux pas le recevoir. (*à part.*) Le Tasse ici, il croirait encore... (*haut.*) Allez lui dire...

LA DAME.

Madame, le voilà.

ÉLÉONORE.

Quelle impudence !... Vous êtes bien hardi, monsieur, d'entrer dans mon appartement sans savoir s'il me convient de vous y admettre.

SCÈNE V.

FLORELLA, MARIA, LA DAME, BELMONTE, ÉLÉONORE, LE TASSE.

BELMONTE.

Madame, excusez ma témérité ; mais on m'accuse d'une infamie, et j'aime encore mieux encourir ma disgrace pour n'avoir pas suivi l'étiquette, que de me voir injustement accusé de vous avoir manqué de respect en osant mal interpréter votre conduite. (*à part.*) Je savais bien que le Tasse était là.

ÉLÉONORE.

Je vous dispense, prince, d'entrer dans aucun détail qui puisse me concerner... Je vois de trop haut les injures des méchans pour m'abaisser même à les punir.

BELMONTE.

La sévérité que vous me montrez, madame, a plutôt l'air d'être un effet de la passion, que de la justice... De quoi m'accuse-t-on ? d'avoir dit que vous aviez montré plus que de la bienveillance pour le seigneur Torquato... Supposez-moi, madame, plus de raison et surtout plus d'esprit... Si je voulais nuire à la réputation d'une princesse respectable, je m'y prendrais plus adroitement. Et en effet, comment ferais-je croire

que la sœur d'un souverain, qui bientôt va régner elle-
même, puisse s'abaisser à écouter les vœux d'un homme
qui n'a de fortune...

ÉLÉONORE.

C'en est assez... Je ne reçois pas vos excuses... je
vois trop le motif qui vous fait me les adresser ici.
Vous n'oublierez pas que vous êtes dans mon appartement, que vous n'avez pas le droit d'y être sans ma
permission; mais en attendant que je daigne vous l'accorder, vous voudrez bien suivre les formes en usage
pour me la demander. Torquato, vous m'attendrez,
vous, dans ce salon; au nom de mon frère, j'ai des
ordres à vous donner. Florella... et vous, mesdames,
suivez-moi.

(Elle sort suivie des dames. Belmonte, qui avait fait quelques pas pour
s'éloigner, revient quand la princesse est sortie.)

SCÈNE VI.

BELMONTE, LE TASSE.

BELMONTE, à part.

Pour renverser cet audacieux, il me faut un éclat
dans cet appartement même. (*désignant le Tasse.*)
Tu me paieras cher l'outrage que je reçois. Surtout en
le provoquant, soyons maître de nous, afin de l'irriter
encore davantage.

LE TASSE.

Qui vous retient près de moi? Avez-vous oublié
les ordres de la princesse? et venez-vous encore par
vos calomnies...

BELMONTE.

Je n'ai point calomnié la princesse, quand j'ai dit

qu'elle s'abaisse en accordant des faveurs à des gens
qui n'en sont pas dignes.

LE TASSE.

Tout homme que la princesse honore de sa bienveillance est toujours digne de l'estime publique.

BELMONTE.

Ah! quelquefois les femmes montrent une légèreté
dans leur préférence qui peut faire croire qu'elles se
trompent souvent.

LE TASSE.

En supposant que cela fût vrai pour certaines
femmes, on ne pourrait en faire aucune application
à la princesse.

BELMONTE.

Pourquoi? Vous autres poètes vous avez des moyens
de séduction que nous ne pouvons avoir; les femmes
surtout vous écoutent avec un intérêt...

LE TASSE.

Notre but est de plaire également aux hommes;
mais à des hommes, et non à des courtisans qui ne
connaissent que l'heure du lever, et les petitesses de
l'étiquette.

BELMONTE.

Et ces courtisans ont tort, quand ils n'admirent
pas les extravagances d'un cerveau en délire...

LE TASSE.

Ils les admirent aussitôt que le prince en fait l'éloge.

BELMONTE.

Ils prouvent au moins par là leur politesse.

LE TASSE.

Dites leur complaisance, ou plutôt leur bassesse.

BELMONTE.

Pour un poète qui se dit gentilhomme, vous traitez
bien mal les gens de cour.

LE TASSE.

On peut estimer les gens de cour. Mais je méprise les courtisans dont la vie est une longue intrigue, qui n'ont appris que l'art de flatter, de tromper ceux qui ne leur ressemblent pas ou qu'ils craignent.

BELMONTE.

Avec ces idées, on devrait être surpris de vous voir à la suite des princes.

LE TASSE.

Je puis habiter le palais des souverains, et ne pas engager pour cela mon indépendance.

BELMONTE.

On connaît le motif qui vous y retient.

LE TASSE.

Je n'ai donné le droit à personne d'interpréter ma conduite.

BELMONTE.

Quelque précaution qu'on prenne, tout finit par se découvrir.

LE TASSE.

Et tout ne se découvre que parce qu'il y a des misérables qui s'honorent des plus vils emplois.

BELMONTE, à part.

Il étouffe de fureur. (*haut.*) Vous croyez, par exemple, qu'on ignore que vous aviez ce matin un rendez-vous?

LE TASSE.

Qui a été assez audacieux pour le répéter?

BELMONTE.

Moi, à qui l'on n'impose pas silence.

LE TASSE, la main sur la garde de son épée.

Si je n'étais en ces lieux je vous apprendrais à res-pecter une princesse...

BELMONTE.

Vous avez vos raisons pour la défendre.

LE TASSE.

Pour Dieu! n'allez pas plus avant : songez que de l'appartement voisin on peut nous entendre.

BELMONTE.

Soyez sans crainte à cet égard.

LE TASSE, à part.

Je ne me serais pas cru tant de modération.

BELMONTE.

Il est assez singulier que vous me défendiez de parler de la princesse au moment où je vous trouve avec elle presque en tête-à-tête !... Ah! si vous vous montrez si galant chevalier pour venger l'honneur de vos dames, je vous vois engagé dans plus de combats que vous n'en avez décrit dans vos poèmes !

LE TASSE.

Seigneur Belmonte, il est un langage dont il est défendu de se servir avec certains hommes... Ou prenez un ton plus sérieux, ou cessez cette ironie.

BELMONTE.

Tous les tons me conviennent également : mais ce n'est pas un motif pour en changer.

LE TASSE.

Et quel est, dans ce cas, le moyen qu'on emploie pour imposer silence?

BELMONTE.

Mais entre vous et moi je n'en connais pas. Vous ne voudriez pas me forcer à vous rappeler la distance qui nous sépare?

LE TASSE.

Quelle distance?... celle d'un prince à un poète?...

BELMONTE.

En dépit de ce que vous pouvez penser, c'en est
une assez grande.

LE TASSE.

En me le disant vous me donnez le droit d'avoir de
la fierté. Je vais prendre mon rang : quel est votre
emploi auprès d'Alphonse? je vais vous le dire : de le
suivre et de le flatter... le mien de l'honorer par mes
travaux.

BELMONTE.

Quel insolent orgueil !

LE TASSE.

J'en montrerai toujours devant les hommes qui ne
connaissent que la vanité des rangs.

BELMONTE.

Vous mériteriez bien de recevoir une leçon de mo-
destie.

LE TASSE.

Je n'empêche pas qu'on me la donne.

BELMONTE.

Ah! ce n'est pas un soin qu'on doit prendre soi-
même.

LE TASSE.

Dieu! l'ai-je bien entendu?... Moi je ne craindrais
pas de me compromettre en vous la donnant, et je me
sens un désir...

BELMONTE.

C'est ce que vous n'oserez jamais...

LE TASSE.

Je ne vous ai pas attendu pour prouver que je savais
châtier les insolens.

BELMONTE.

On connaît vos hauts faits... mais c'est en présence

de témoins qu'il faudra me les rappeler ; comme la princesse est intéressée...

LE TASSE.

Encore une fois je vous défends de prononcer son nom , ou craignez que ma colère ne vous flétrisse à l'instant même.

BELMONTE.

Si tu osais m'approcher...

LE TASSE , avec emportement.

Je n'y tiens plus... Sors d'ici... Mais non, tu as osé me faire entendre que ce serait par d'autres mains que tu me châtierais !... Et j'ai pu supporter une pareille insulte !... Ce n'est pas tout ; tu as mêlé à de misérables calomnies l'auguste nom d'Éléonore !... Ce dernier outrage sera l'arrêt de ta mort... Défends tes jours.

(Il tire l'épée.)

BELMONTE.

Y pensez-vous ?... dans le salon de la princesse !... Savez-vous que des lois sévères... savez-vous qu'il y va même de la vie...

LE TASSE, avec fureur.

Défends tes jours, misérable ! ou je te frappe du plat de mon épée.

BELMONTE.

Misérable ! moi ! je n'y tiens plus ; et ton châtiment...

SCÈNE VII.

BELMONTE, PAZZINI, LE TASSE.

PAZZINI.

Pourquoi ces cris ?

BELMONTE.

Pazzini ! (*à part.*) Je triomphe !

PAZZINI.

Le Tasse l'épée à la main ?... Que cela signifie-t-il ?

BELMONTE.

Qu'il vient de me provoquer de la manière la plus insolente, et que sans mon respect pour le palais du duc...

LE TASSE.

Oui, le prince est très respectueux.

PAZZINI.

Et vous, très coupable.

BELMONTE.

Il vient encore par un nouvel outrage... Mais bien-tôt...

PAZZINI.

Prince, sortez... Votre présence ici, loin de le calmer...

BELMONTE.

Torquato, je consens à oublier la distance qui nous sépare... je t'attends hors du palais.

(Il sort.)

SCÈNE VIII.

PAZZINI, LE TASSE.

PAZZINI.

Ignorez-vous donc que vous venez, par la témérité de votre action, de vous exposer à la rigueur des lois ?

LE TASSE.

Je ne connais que celles de l'honneur quand on m'outrage.

PAZZINI.

Je vous forcerai d'apprendre les autres, comme gouverneur de ce palais.

LE TASSE.

Comme gouverneur de ce palais vous n'avez aucun droit sur ma personne.

PAZZINI.

J'en ai sur tout le monde quand on manque aux lois du prince, et vous obéirez à mes ordres.

LE TASSE.

Des ordres !... je n'en reçois pas, même du duc !... S'il m'en donnait je le quitterais à l'instant même...

PAZZINI.

Que vous croyez-vous donc ici ?

LE TASSE.

Je ne suis rien. C'est pourquoi je ne puis être l'esclave de personne... et si Belmonte ne me rend raison de cet outrage...

PAZZINI.

Ah! bah! est-ce que les poètes doivent se battre? Qu'ils fassent battre les autres dans leurs récits, à la bonne heure.—Allons, Torquato, remettez-moi votre épée.

LE TASSE.

Non, je ne me laisserai pas désarmer, vous dis-je.

PAZZINI.

Si vous ne m'obéissez à l'instant, j'appelle la garde de la princesse.

LE TASSE.

Appelez-la... Je succomberai : mais vous ne m'aurez pas vivant.

PAZZINI.

C'en est trop ! gardes ! (*quatre gardes du corps paraissent.*) Au nom du prince, je vous ordonne de saisir Torquato et de le conduire...

LE TASSE.

Au nom du prince, si vous osez porter la main sur moi, je vous rends responsable du sang qui sera versé...

SCÈNE IX.

FLORELLA, MARIA, PAZZINI, ÉLÉONORE, LE TASSE, Gardes.

ÉLÉONORE.

Qu'entends-je ?... Arrêtez, Torquato !...

PAZZINI ET LE TASSE.

La princesse !

ÉLÉONORE.

Quel est le motif de cette violence contre le Tasse ?

PAZZINI.

Quand votre altesse saura que ne connaissant aucune loi de la discipline...

LE TASSE.

Encore une fois, je ne suis pas un soldat.

PAZZINI.

Il a tiré l'épée dans ce salon.

LE TASSE.

Contre le lâche Belmonte qui m'a outragé dans mon honneur.

PAZZINI.

Au nom du prince je lui ai demandé son épée.

LE TASSE.

J'ai réclamé sa justice.

PAZZINI.

Coupable envers les lois, je le somme de mettre bas les armes et de se laisser conduire...

ÉLÉONORE.

Ne pouvez-vous attendre l'arrivée de mon frère?

PAZZINI.

Je suis plein de respect pour les ordres de son altesse; mais lui obéir en ce moment serait un acte de faiblesse qui me déshonorerait aux yeux de mes inférieurs. J'ai prononcé sur le sort de Torquato : rien ne me fera manquer à mon devoir. J'ai droit de le condamner à la prison.

LE TASSE, *furieux.*

A la prison! moi !

PAZZINI.

J'ai le pouvoir de l'y conduire, et mort ou vivant il subira cet arrêt.

LE TASSE.

Moi, en prison... en prison, moi !... (*à part.*) Quel souvenir !...

ÉLÉONORE, *à part.*

En vain je voudrais l'arracher à sa sévérité, ici s'arrête mon pouvoir. (*haut.*) Torquato né cédera point à vos ordres, il cédera aux miens. (*au Tasse.*) Donnez-moi votre épée.

LE TASSE.

Ah ! madame, ma vie si vous la demandez; elle vous appartient tout entière.

(Il fléchit le genou et présente son épée : la princesse la donne à Pazzini.)

PAZZINI.

A la bonne heure : quoique ce désarmement ne soit pas dans les formes, je veux bien passer là-dessus. (*aux gardes.*) Attention, messieurs...

ÉLÉONORE.

Doucement, Pazzini ; vous n'avez pas besoin de cet appareil militaire... Torquato, rendez-vous à la prison du palais. Obéissez.

FLORELLA.

Je m'enferme avec lui.

PAZZINI.

Non, ce n'est pas ainsi... Peut-être sans sa résistance...

ÉLÉONORE.

Pazzini, voulez-vous m'affliger ?...

PAZZINI.

Ah ! si vous attaquez ma sensibilité...

LE TASSE, accablé.

Et c'est en prison qu'on me conduit... Je m'y rends : mais j'ai le pressentiment que ce séjour me deviendra funeste.

ÉLÉONORE.

Écartez ces idées... mon frère reviendra bientôt... et demain...

LE TASSE.

Demain, vous le savez, je serai tout-à-fait malheureux. Adieu, madame.

(Il sort.)

PAZZINI, à part.

N'avoir voulu rendre son épée qu'à la princesse!...
Ces diables de poëtes ne font rien comme tout le
monde.

(Il sort.)

SCÈNE X.

ÉLÉONORE, MARIA.

ÉLÉONORE.

Chère Maria! la prison est à deux pas; il faut y
suivre le Tasse: j'ai lu dans ses regards un trouble qui
m'effraie.

MARIA.

Je vous entends, madame, et je vous obéis.

SCÈNE XI.

ÉLÉONORE, seule.

Mon frère approuvera sans doute ma conduite... Ne
connaissant aucune subordination, vivant indépen-
dant comme son génie, Torquato n'aurait pas cédé à
ces formes militaires, et Pazzini, malgré la bonté de
son cœur, eût employé la violence pour s'assurer de sa
personne; alors, qu'en fût-il résulté?... Mais quelle pouvait être la cause de la fureur du Tasse? Puis-je la
chercher? c'est ce Belmonte qui toujours prêt à le pour-
suivre de ses mépris... Mépriser ce grand homme!
ah! son orgueil irrité n'aura pu souffrir... car l'orgueil
accompagne aussi le génie. — Une autre pensée

me tourmente : si Torquato pouvait croire que je ne l'ai fait conduire en prison que pour accueillir cet envoyé de Mantoue... Serait-ce la cause du trouble qui l'agitait au moment de me quitter? Cette idée m'inquiète! ah! j'aurais dû, malgré Pazzini...

SCÈNE XII.

ÉLÉONORE, MARIA.

ÉLÉONORE.

Eh bien, Maria, tu as accompagné Torquato?

MARIA.

Ah ! madame ! dans quel affreux séjour l'a-t-on conduit : la petite Florella en était tout épouvantée. Malgré les instances de Torquato, elle n'a jamais voulu s'en séparer. J'en ai fait avertir sa mère, afin qu'elle vienne partager les soins de son enfant.

ÉLÉONORE.

Mais lui, aurait-il été assez faible pour s'affliger ? Au mot de prison... j'ai cru entendre qu'il disait que ce séjour lui deviendrait funeste.

MARIA.

Oui, madame, il nous a parlé d'une prédiction..... mais il nous l'a contée presque en riant...

ÉLÉONORE.

Que veux-tu dire?

MARIA.

Comme la petite pleurait en regardant cette triste demeure, il lui a dit : « Ne pleure pas, Florella, demain j'en sortirai peut-être... Cependant, m'a-t-il dit tout bas, très sérieusement, si j'en crois ce qu'on

m'a prédit dans ma jeunesse... je ne sortirai de prison
que pour entrer dans un cercueil. »

ÉLÉONORE.

Dans un cercueil !

MARIA

Et comme il a vu mon chagrin, il s'est mis à plai-
santer sur sa crédulité. Puis tout à coup il s'est levé,
a parcouru la chambre et s'est écrié : « Ces murs me
pressent la poitrine : je voudrais les repousser... il
me semble que tout me manque, quand mon œil ne
peut plus embrasser l'étendue d'un ciel azuré... Ah !
j'étouffe dans ce séjour. »

ÉLÉONORE.

Il a dit la vérité : cette sensibilité qui rend la vie si
enivrante et si amère peut le conduire au désespoir !
Et cette prédiction... en vain il plaisantait... il y croit,
Maria, son imagination ne peut rester en paix. Peut-
être croit-il aussi qu'il était en mon pouvoir de le sauver de cette rigueur des ordres... Je n'en doute plus, son
orgueil offensé, cette prédiction, la crainte de me perdre, tout aura exalté son ardent caractère. Torquato
doit être en ce moment l'homme le plus malheureux... et
si quelque voix amie ne parvient jusqu'à son cœur,
qui peut prévoir à quel excès peut l'entraîner le trouble
de ses esprits ! Cette idée me fait trembler ; il faut que
je lui parle à l'instant même.

MARIA.

Y pensez-vous, madame, nous rendre à la prison...
Ah ! si la cour, si votre frère vient à savoir...

ÉLÉONORE.

Il ne le saura pas... Quelques instans d'entretien, et
j'aurai remis le calme dans son ame... Prends de l'or...

couvrons-nous d'un voile qui nous dérobe à tous les yeux... l'obscurité va nous seconder : rendons-nous à la prison, que je le voie, que je le détrompe, que je l'apaise, qu'il sache au moins que je suis inno-cente et que je souffre plus que lui de la perte de sa liberté.

FIN DU TROISIÈME ACTE.

ACTE QUATRIÈME.

SCÈNE I.

LE TASSE, FLORELLA.

(Florella , assise à l'un des côtés du théâtre , tresse les pailles d'un chapeau ; le
Tasse, de l'autre côté, assis près d'une table, est absorbé dans ses réflexions.)

FLORELLA, se parlant.

Oui, je suis certaine qu'aussitôt que le duc sera de
retour de la chasse, il va vous envoyer chercher pour
souper avec lui.

LE TASSE.

Pauvre enfant, elle voit tout en beau... Non, non,
je ne sortirai pas de prison. Sous prétexte de punir
ma faute, on m'éloignera de la cour, car c'est demain qu'Éléonore sera fiancée... Le duc est un adroit
politique, le secret de mon cœur ne lui est pas échappé :
il me disait un soir indirectement que l'on était toujours maître d'étouffer une passion... Qu'ils sont froids
ces princes ! Qu'ils disent donc à la flamme de ne
point consumer, au torrent de ne pas dévaster, à la
mort de ne pas frapper.

FLORELLA.

Voilà encore une conversation dans le genre de
celles que nous avions dans le bosquet : il parle de son
côté, et moi du mien.

LE TASSE.

Il me disait aussi : Ne vivez que pour la gloire...

Mais lorsque l'amour s'est emparé de tout votre être,
qu'est-ce que cette gloire si enviée?... un vain son
qui retentit un instant dans l'espace, du bruit, rien que
du bruit... Jamais la louange, les acclamations por-
tèrent-elles dans tous mes sens ce trouble enchanteur,
ce charme enivrant que me causait tout à l'heure encore un seul regard d'Eléonore.

FLORELLA.

Il ne m'adresse pas du tout la parole, et c'est fort
désagréable. Ce n'est pas que, si j'étais causeuse, je ne
me pusse bien faire à moi une petite conversation qui
durerait tout autant que la sienne.

LE TASSE.

Quelle prison!... Que ces voûtes ont entendu de gé-
missemens!... Quand on pense qu'il ne faut que l'ordre
d'un homme... Je ne sais, mais en entrant dans ce
lieu j'ai éprouvé un effroi... ce n'est pas cette prédiction!... et pourquoi donc me suis-je rappelé ces paroles : « Tu n'en sortiras que pour entrer dans un
cercueil? » Ah! si Alphonse était instruit que sa sœur...
j'aurais tout à redouter de sa vengeance; ces hommes
tout-puissans ne sauraient comprendre mon ame; ils
prendront mon amour pour le délire, pour la folie, et
bientôt enchaîné... A l'idée de cet avenir menaçant
il me prend un frisson de terreur... oui, c'est ici que
je mourrai de misère... et quand je ne serai plus, ces
mêmes persécuteurs accorderont à mes restes d'illustres
funérailles; l'envie s'éteint sur les tombeaux... peut-
être même feront-ils mon éloge!... Ils diront, au moins,
s'ils sont vrais: « Il fit quelquefois le bien, il ne fit de
mal à personne; prompt à s'irriter, également prompt
à s'adoucir, il sut pardonner à ses ennemis. » Oui,

j'en ai le pressentiment : Torquato malheureux fera
verser des larmes à la postérité...

FLORELLA.

Quelle idée sombre l'occupe ?

LE TASSE.

Oh ! l'aspect de ces murs augmente de plus en plus
ma souffrance ! Mais si j'instruisais Éléonore de l'état
de mon ame?... Écrivons : qu'elle sache que c'est
d'elle seule que j'attends des consolations.

FLORELLA.

Que cherchez-vous donc, mon ami ?

LE TASSE.

Mon portefeuille... mes papiers.

FLORELLA.

Ah! vous voulez travailler? J'ai mis tout cela dans
l'autre appartement; car nous en avons plusieurs...
aussi notre concierge a-t-il dit : «Vous êtes logés comme
des princes. » Il est vrai que voici notre plus belle
chambre; on peut juger du reste.

LE TASSE.

Il suffit. Écoute, Florella, je veux écrire long-temps;
promets-moi que tu ne me dérangeras pas. (à part.)
Ah! que je regretterais de mourir sans avoir assuré l'a-
venir de cette enfant.

(Il passe dans l'autre pièce.)

SCÈNE II.

FLORELLA, seule.

Comme il m'aime, mon cher protecteur!... mais puisque me voilà seule, vite à ma leçon!... Qu'il sera donc

étonné, quand je lui répéterai tout son premier chant.
Voyons, commençons.

(Elle récite.)

« Je chante les exploits de la pieuse armée,
« Et ce héros français vainqueur de l'Idumée,
« Qui de l'antique foi rallumant le flambeau,
« Du fils de l'Éternel délivra le tombeau... »

SCÈNE III.

LE CONCIERGE, FLORELLA.

LE CONCIERGE, ayant entendu Florella, continue.

« Après de longs revers supportés avec gloire,
« Son génie et son bras forcèrent la victoire. »

FLORELLA.

Et lui aussi, il dit les vers de mon ami.

LE CONCIERGE.

En Italie, qui ne les sait pas?

FLORELLA.

Oui, et pendant que nous goûtons le plaisir que
nous donnent ses chants, l'auteur est là, qui souffre...

LE CONCIERGE.

Bon! bon! ma petite, il n'est pas aussi à plaindre
que vous le pensez bien! Voilà une belle chose qu'une
prison comme la sienne; à peine y est-il entré, qu'il
lui arrive des visites... des dames de la cour. Oh! ce
sont bien des dames de la cour; parce que vous en-
tendez bien... ces dames-là ont une tournure...

FLORELLA.

Des dames qui viennent nous voir à cette heure-
ci?... vous ne me le ferez pas croire. Qu'est-ce que
tout cela veut dire?

LE CONCIERGE

Ta, ta, ta. Mais ne croirait-on pas entendre une petite femme?... et moi je vous dis que ce sont de grandes dames... et la preuve, c'est que lorsqu'on n'est pas une grande dame, on ne donne point des bourses si bien remplies...'(*Il montre une bourse.*) Elles ont eu en vérité bien de la bonté; car, comme on ne m'a pas défendu de lui laisser voir ses amis, toute la ville viendrait le visiter que je laisserais entrer tout le monde, et gratis encore. Eh bien! puisque vous êtes la maîtresse de la maison, faut-il les faire entrer?

FLORELLA.

Ce n'est pas moi qui m'aviserai d'aller le demander à mon ami... il m'a trop bien défendu de le déranger. Mais je ne sais pas pourquoi je ne ferais pas entrer ces dames dans ce salon?... C'est décidé : allons, monsieur, faites entrer ces dames.

LE CONCIERGE.

Allons, madame, je vais vous obéir... je vais faire entrer ces dames dans le salon. Il est joli le salon. La drôle de petite fille !...

(Il sort.)

FLORELLA.

Ces messieurs de prison ne savent pas du tout ce que c'est que la politesse.

SCÈNE IV.

FLORELLA , seule.

Eh bien! au moins je vais avoir du monde. C'est que si mon ami fût resté long-temps enfermé dans ce cabinet, j'aurais bien pu m'ennuyer... et puis le soir comme cela... car enfin, voilà la nuit! Oh! bon Dieu! c'est que la nuit dans une prison... dans toutes ces vieilles tours, comme il doit y avoir des revenans! Rien que d'y penser il me prend un tremblement... heureusement je vois de la lumière, le concierge éclaire ces dames... me voilà tout-à-fait rassurée.

SCÈNE V.

ÉLÉONORE, MARIA, voilées, FLORELLA, LE CONCIERGE.

FLORELLA.

Mesdames, donnez-vous la peine de vous asseoir, (*au concierge*.) Et vous, sortez.

(Il pose la lumière sur la table et sort en riant.)

MARIA.

Florella ne nous reconnaît pas.

(Elle ouvre son voile.)

FLORELLA.

C'est vous! comtesse Maria. Dieu!... et la princesse! Ah! que je suis heureuse de vous revoir... comme mon ami va être content!...

MARIA.

Oui, mais il ne faudra dire à personne que nous sommes venues.

FLORELLA.

Ah! soyez bien tranquilles... il y a long-temps que je sais garder un secret.

ÉLÉONORE.

Et... Torquato. Où donc est-il?

FLORELLA.

Il est dans notre autre appartement... il vous écrit.

ÉLÉONORE.

A moi, Florella?

FLORELLA.

Oui, sans doute. Quoiqu'il ne m'ait pas adressé une seule fois la parole, je l'ai très bien entendu qui se disait à lui-même: « Ah! il faut qu'elle connaisse davantage tout le bonheur... »

ÉLÉONORE.

Ne perdons pas un instant, je veux lui parler.

FLORELLA.

Ah! mon Dieu! si je le dérange, il va me dire: « Encore cette petite fille, que cela est fatigant!... » Mais que la comtesse Maria vienne avec moi, il la verra la première, et à coup sûr il la recevra bien, parce qu'il se doutera qu'elle vient de la part de la princesse...

MARIA.

Eh bien! chère Florella, conduisez-moi vers votre ami.

(Elles sortent.)

SCÈNE VI.

ÉLÉONORE, seule.

Tout ce que j'ai entendu, loin de me faire repentir de mon imprudence... Et en effet, avec la résolution que j'ai prise... que puis-je craindre maintenant de la colère de mon frère?

SCÈNE VII.

LE TASSE, ÉLÉONORE.

LE TASSE.

Il serait vrai? Quel bonheur!... Madame... belle Éléonore...

ÉLÉONORE.

Pouviez-vous douter jamais des sentimens de votre amie!...

LE TASSE.

Ah! que votre présence m'est délicieuse... Quel charme vous répandez autour de vous... Tout à l'heure encore la tristesse accablait mon ame... je n'osais lever les yeux sur ces murs, où la main de mille infortunés a gravé leurs souffrances... Mon ame, s'élançant dans le passé, s'attristait de leurs maux, souffrait de leur douleur... Vous paraissez, Éléonore, et cet horrible lieu me semble un temple consacré au bonheur de l'humanité.

ÉLÉONORE.

En venant vous visiter dans ce séjour, en m'exposant au blâme public, j'ai voulu vous assurer qu'en vous forçant d'obéir à l'ordre de Pazzini, je n'ai fait que prévenir une rigueur plus grande.

LE TASSE.

Eh! pouvez-vous avoir une pensée qui ne porte l'empreinte de votre bonté, de votre ame angélique... Hélas! au moment où l'on m'a annoncé votre auguste présence, je ne trouvais point dans mon cœur d'expression assez forte pour vous peindre ma reconnaissance. Cependant, au milieu de ce bonheur qui m'enivrait, du souvenir de cet entretien si doux qui est gravé dans ma mémoire en traits de feu!... une idée pénible est venue troubler mon ame; il m'est impossible de vous la cacher... Demain... c'est demain que cet envoyé du duc de Mantoue va venir réclamer votre main... et moi, Éléonore, je serai loin de vous, peut-être oublié... méprisé.

ÉLÉONORE.

Torquato, ne soyez pas injuste : est-ce au moment où je m'expose à toute la colère du duc que vous devez craindre que je manque de courage pour résister à toutes ses séductions. Si je brave aujourd'hui tous les dangers pour vous voir dans votre prison, pour vous consoler dans vos peines, c'est parce que je n'ai plus aucune crainte des suites qui peuvent résulter d'une fausse démarche... Que peut la sévérité de mon frère ?... me condamner à vivre dans un cloître... Eh bien ! je la désire cette retraite éternelle : Oui, puisque les préjugés, l'orgueil de mon rang me défendent de faire le bonheur du seul être qui m'est cher, je n'entrevois plus d'autre félicité, en fuyant un monde qui m'importune, que de m'occuper uniquement de mon ami : son image embellira ma solitude; et si, pendant la prière, elle se présente à mon cœur, c'est du pied des autels que j'appellerai sur sa tête chérie toutes les félicités célestes.

LE TASSE.

Ah! comme votre voix enchanteresse pénètre mon cœur!...Éléonore...j'imiterai votre exemple...Je vous perds, il ne doit plus exister pour moi rien de ce qui fit le charme de ma vie. Tout ce qui agitait mon ame de sensations délicieuses serait perdu pour jamais. Et ce charme de la poésie, et mes fictions généreuses, qui pourrait me les rendre encore?... celle qui me les inspirait, celle à qui je dus toute ma gloire, ne serait plus pour moi... Oui, chère Éléonore, comme vous je m'exile du monde; c'en est fait : je m'unis à ces solitaires qui sacrifient leur existence à la divinité, je partagerai leurs travaux... leurs châtimens... je m'applaudirai de ce que le silence sera la première loi de mes frères; je m'en appartiendrai davantage, mes idées seront plus vives, mon imagination plus active, elle n'aura plus qu'une pensée... mais cette pensée de feu me dévorera la nuit, le jour; je prierai, je souffrirai et je mourrai en prononçant le nom d'Éléonore.

ÉLÉONORE.

Et pourquoi, mon ami, chercher une destinée aussi triste?... pourquoi donc se hâter de quitter la vie?...

LE TASSE.

Pour nous revoir plus tôt dans un monde meilleur... Au moins pendant que l'heure où nous parlons s'écoule si rapidement, écartons ces tourmens dont nous menace l'avenir : Éléonore! avant qu'une éternelle séparation ne soit pour moi un arrêt de mort... rendez le calme à mon ame... laissez-moi des souvenirs de bonheur!... dites-moi : je vous aime!... je vous ai toujours aimé!...

ÉLÉONORE.

Torquato peut-il douter de mes sentimens? Aujourd'hui... aujourd'hui même, cette ame qui, depuis si long-temps renfermait ses coupables secrets, ne s'est-elle pas dévoilée à ses yeux; cette bouche n'a-t-elle pas avoué mes erreurs, n'a-t-elle pas dit mille

fois : Torquato, je vous aime. A cet aveu, pourquoi
ce regard sombre?

LE TASSE.

Vous m'aimez... vous me le dites, vous ne craignez
pas de me le répéter. Oui, j'en suis certain, vous
m'aimez, et nous parlons tous deux de nous séparer,
de nous attacher au culte des autels. Mais pourrons-
nous, sans crime, nous vouer à ce culte austère et ja-
loux!... Eh quoi! pour moi, du moins, j'irais me consacrer au service de Dieu, quand une seule créature
occupe ma pensée! j'adresserais au ciel des prières,
quand je n'aurai devant les yeux qu'un objet profane!..
Partout, dans ma cellule, au cloître, dans le sanctuaire,
au milieu du sacrifice divin, je ne verrais qu'Éléonore.
Non, non, je ne commettrai point ce sacrilège; c'est,
le jour de notre séparation, c'est à mon amante que
j'irai demander la mort, ou me la donner à ses pieds.

ÉLÉONORE.

Pourquoi parler de mort?

LE TASSE.

Ne doit-elle pas terminer mes peines?... Ah! s'il était
vrai qu'Éléonore m'aimât véritablement! ah! si elle ne
voulait pas me sacrifier à tous ses préjugés d'orgueil...
Mais elle est princesse!

ÉLÉONORE.

Et quels préjugés d'orgueil ne suis-je pas prête à
vous sacrifier?

LE TASSE.

Je vais le savoir à l'instant. — Chère Éléonore!
vous m'aimez! vous me l'avez dit, dois-je le croire?

ÉLÉONORE.

Oui, je vous aime; mais une émotion de terreur...

LE TASSE.

Ah! c'est encore la princesse!... une émotion de terreur!... j'en ai mille à la fois qui font battre mon cœur. Tenez, donnez-moi votre main... mettez-la sur ce cœur; ne craignez pas de vous compromettre, il est noble aussi.

ÉLÉONORE.

Ingrat! et c'est à moi que vous adressez un pareil reproche. Ah! si je n'y voyais l'excès de votre amour...

LE TASSE.

N'achevez pas... vous allez avoir bien plus à me pardonner... Éléonore! voyons, voyons si votre rang, si vos préjugés sont plus forts que votre amour.

ÉLÉONORE, tremblante.

Que voulez-vous de moi?.. vous m'effrayez...

LE TASSE.

Un seul mot, et ce sera mon arrêt... Je ne pourrai vous perdre sans mourir, et ce n'est pas sur le bord du tombeau que je dois renfermer la vérité. Si vous m'aimez aussi, abjurez un instant toute idée de rang et de fortune : je ne veux plus voir en vous que l'égale de votre amant... rejetez loin de vous tout ce qui séduit les hommes... tous ces faux prestiges de la vanité... soyez mon épouse...

ÉLÉONORE.

Cet hymen comblerait mes vœux... mais comment...

LE TASSE.

Vous le saurez... Tandis qu'ici votre frère règne, il est des milliers d'états qui peuvent nous soustraire à sa vengeance. Je sais les moyens de m'y rendre... accompagnez-y mes pas, suivez-moi. Avez-vous besoin pour être heureuse de palais immenses, pleins de vils flatteurs... de satellites barbares. Si des chaînes d'or ne vous attachent pas à ces fausses jouissances, osez partager ma destinée. Là, nous trouverons un refuge contre les hommes, un asile contre leurs fureurs, soit dans les antres du Caucase, soit dans les neiges de la Sibérie ; partout où l'on peut presser un cœur brûlant contre son sein, on doit rencontrer le bonheur.

ÉLÉONORE.

O ciel ! que me demandez-vous ? plus je vous écoute, et plus l'effroi s'empare de mes sens ; plus je vois que l'exécution de votre projet est impossible, que notre fuite doit attirer sur nous les plus terribles malheurs : mais tant d'amour vous donne un tel pouvoir sur tout mon être, qu'il me force à ne plus résister à ma destinée !... Le sentiment qui m'entraîne vers vous, et contre lequel je me débats en vain, triomphe de toute ma raison... en vain elle me dit que nous courons à notre perte ; je vois l'abîme ouvert... vous le voulez, et je cours m'y précipiter avec vous. Disposez de votre Éléonore.

LE TASSE, dans la plus grande exaltation.

O providence !... Éléonore !... mon Éléonore !... la bien-aimée de mon cœur ! Sous cette voûte sombre, à la pâle lueur de ce flambeau, en présence du Dieu que nous allons implorer, oses-tu prononcer ce serment d'être mon épouse ?

ÉLÉONORE.

Oui, je jure d'être votre épouse, et de consacrer ma vie entière à faire votre bonheur.

LE TASSE.

Prends cette bague, j'ai reçu la tienne... Loin de nous tous ces princes !... Éléonore... te voilà ma

11

fiancée! (*il se met à genoux.*) Anges du ciel, re-
cevez nos sermens et punissez l'infidèle... Oh! non,
ne punissez que moi; car je l'aimerais encore, dût-elle
un jour m'abandonner.

SCÈNE VIII.

LE TASSE, LE CONCIERGE, ÉLÉONORE.

ÉLÉONORE.

J'entends du bruit...

LE CONCIERGE.

Je vous annonce que le gouverneur porte ici ses pas.

(Il sort.)

ÉLÉONORE.

Le gouverneur! je suis perdue.

LE TASSE, à Éléonore qui a remis son voile.

Entrez vite dans cette chambre, ne craignez rien,
je saurai bientôt trouver le moyen de le congédier.

(Elle sort.)

SCÈNE IX.

LE TASSE, PAZZINI.

LE TASSE.

Que vient faire ici ce Pazzini? m'annoncer ma liberté... Le duc est sans doute arrivé.

PAZZINI.

Vous êtes étonné de me voir, seigneur Torquato;
d'après la scène qui s'est passée aujourd'hui vous me
croyez un homme bien sévère... je n'ai pourtant fait
que mon devoir.

LE TASSE.

Je ne me plains pas de vous : seulement je pouvais appeler du motif de notre querelle à la justice du prince, et vous eussiez vu...

PAZZINI.

Tout cela est fort bien ; vous pouviez avoir cent mille fois raison dans le fond ; mais vous aviez l'épée à la main, l'ordre est précis, et nous autres militaires, nous ne connaissons que la consigne, nous ne raison-nons pas, nous autres ; j'aurais arrêté mon père dans une semblable circonstance. Au reste, je venais pour vous parler du prince Belmonte.

LE TASSE.

Brisons là, monsieur le gouverneur, ce n'est pas le moment où je suis en prison, de traiter une pareille question ; tout s'arrangera avec le temps. S'il ne vous reste rien de plus à me dire, je vous demanderai la permission de jouir de toute ma solitude... c'est un avantage que vous ne pouvez me refuser, et j'espère...

PAZZINI.

Cela veut dire clairement que vous me priez de m'en aller... (*riant.*) Ah ! ah ! vous voulez jouir de votre solitude...

LE TASSE, à part

Grand Dieu !.. saurait-il ?..

PAZZINI.

Je le conçois. Quand on peuple sa solitude de deux jolis minois... cependant, je ne les ai pas vus, mais je dois le supposer, le seigneur Torquato est trop chéri de toutes les dames pour qu'il ne donne pas la préférence aux plus jolies.

LE TASSE.

Monsieur le gouverneur, la plaisanterie n'est pas de saison.

PAZZINI.

Vous prenez tout au sérieux, seigneur Torquato ; le grand mal de s'égayer aux dépens de deux folles que je ne connais pas... Le duc aime un peu le scandale, et quand il sait que quelques-unes de nos dames se trouvent dans une affaire épineuse, il nous en amuse à son lever.

LE TASSE, à part.

C'est un supplice que cet homme.

PAZZINI.

Mais où diable les avez-vous donc logées ? car je sais bien qu'elles ne sont pas sorties, je le sais même du concierge. J'ai beau regarder...ah! je me rappelle, je connais le local, il y a là une chambre voisine...

LE TASSE, embarrassé.

S'il était vrai que quelques femmes effrayées du bruit de mon arrestation se fussent rendues ici... vous conviendrez, monsieur le gouverneur, que votre présence en ces lieux n'est pas faite pour me plaire.

PAZZINI.

Mais si vous me voyez près de vous, c'est avec le désir de vous rendre service.

LE TASSE.

Je suis encore à deviner le genre de service...

PAZZINI.

Je vais vous le dire : comme je passais sur la place, Belmonte est venu m'avertir...

LE TASSE, s'emportant.

Le misérable est encore dans cette affaire!

PAZZINI.

Allons, mon ami, calmez-vous et laissez-moi achever : il est donc venu m'avertir que des jeunes gens étaient attroupés près de la prison afin d'en voir sortir deux femmes voilées qu'on y avait vu entrer au déclin dujour.

LE TASSE, à part.

O Ciel ! quel danger !

SCÈNE X.

LE TASSE, PAZZINI, BELMONTE, LE CON-CIERGE,

(Le concierge entre le premier comme pour introduire le prince; et après lui avoir montré le Tasse et le gouverneur, il sort aussitôt.)

BELMONTE.

Ne vous offensez pas, seigneur Torquato, vous serez le premier à approuver la démarche qui me force à me présenter devant vous, lorsque vous en connaîtrez le motif...

LE TASSE.

Il faut que ce motif soit bien important.

PAZZINI.

Allons, mettons tout ressentiment de côté, et voyons ce dont il s'agit.

BELMONTE.

Je venais de vous quitter, monsieur le gouverneur, lorsque j'ai vu à la porte de la forteresse un groupe de personnes...

PAZZINI.

Eh bien oui ! de jeunes étourdis !... je sais cela.

BELMONTE.

Oui, mais ce groupe s'est beaucoup augmenté depuis votre entrée, et comme je voyais qu'on discutait avec chaleur, j'ai entendu qu'ils parlaient de femmes qui s'étaient glissées furtivement dans la forteresse... Jusques là il n'y avait rien d'étonnant; le seigneur Torquato doit avoir des amies : mais jugez de mon indignation, lorsqu'au milieu de mille plaisanteries ridicules j'ai entendu prononcer les noms de la comtesse Maria et de la princesse.

LE TASSE, à part.

C'est le traître seul !...

PAZZINI.

Quelle infamie ! et vous n'avez pas châtié ces misérables !

BELMONTE.

Comment une telle pensée ne me serait-elle pas venue ! En vain j'ai voulu fermer la bouche à ces imprudens curieux, ils se sont réunis contre moi pour me convaincre qu'ils disaient la vérité.

LE TASSE.

Ces curieux que vous avez vous-même endoctrinés et ameutés à cette porte...

PAZZINI.

De grace, seigneur Torquato... Je conviens que c'est très embarrassant. Que diable ! moi, je ne peux pas repousser par la force des gens qui se réunissent à une porte pour faire des conjectures...

LE TASSE, à part.

Quelle position cruelle ! et quand la princesse saura...

BELMONTE.

Je vais vous donner un moyen tout simple, gouverneur, et qui est tout-à-fait dans l'intérêt du seigneur Torquato et des dames qui viennent le visiter.

LE TASSE, à part.

C'est encore quelque perfidie!...

PAZZINI.

Sachons vite ce beau moyen.

BELMONTE.

Que le seigneur Pazzini, après s'être assuré par ses propres yeux que la princesse n'est point dans cette prison, l'affirme sur l'honneur à ces imprudens : la réputation dont il jouit...

LE TASSE, à part.

Et je ne punirais pas un jour ce traître !

PAZZINI.

Il a raison : je vais saluer ces dames, et puis après...

LE TASSE.

Vous ne les verrez pas.

PAZZINI.

Et qui diable m'en empêchera, puisqu'elles ne peuvent être que dans cette chambre ?

BELMONTE, à part.

Enfin je serai donc vengé.

PAZZINI.

Par ma place, j'ai le droit de la visiter.

LE TASSE.

Si vous osez en approcher...

PAZZINI.

Que ferez-vous ?

LE TASSE, tirant un poignard.

Je vous frappe de ce poignard.

PAZZINI.

Insensé !

BELMONTE.

Quelle audace !

LE TASSE.

Je le répète, si vous faites un pas vous êtes mort.

SCÈNE XI.

LE TASSE, LE DUC, PAZZINI, BELMONTE.

LE DUC.

Qui parle de mort ?

TOUS.

(Tous les personnages font un grand mouvement d'étonnement.)

Le duc !

LE TASSE, à part.

Tout est perdu !

PAZZINI.

Votre altesse arrive à propos : quand elle saura que
Torquato, que j'ai été forcé de mettre en prison...

LE DUC.

J'en connais le motif ; ma sœur me l'a fait dire.

BELMONTE.

Quand vous apprendrez que le sujet de la querelle...

LE DUC.

Prince Belmonte, je ne veux pas tout savoir, car
j'aurais trop à punir... Mais pourquoi avait-il le poignard à la main ?

PAZZINI.

C'est un jeune fou qui voulait m'en frapper.

LE TASSE.

Malgré moi vous avez voulu connaître mes secrets,
et je n'ai pas voulu vous les livrer.

PAZZINI.

C'était afin de venger l'honneur de la princesse
votre sœur.

LE DUC.

On a osé l'attaquer !...

PAZZINI.

Des insolens rassemblés près de la porte de la prison prétendaient les y avoir vues entrer.

LE DUC.

Je connais l'auteur de ce rassemblement.

PAZZINI.

Et comme en effet le seigneur Torquato a reçu compagnie, j'ai voulu entrer dans cette chambre pour connaître les dames...

LE DUC.

Et armé de son poignard il en a défendu l'entrée?... Il a bien fait.

PAZZINI.

Mais c'était afin de jurer par le témoignage de mes yeux que l'une de ces dames n'était pas la princesse.

LE DUC.

Qui a osé dire que la princesse était en ces lieux ?

PAZZINI.

Mais c'est Belmonte, tous ces gens à la porte...

LE DUC.

Prince Belmonte, je ne vous dis pas tout ce que je pense en ce moment. Rentrez au palais et vous m'attendrez dans mon appartement.

BELMONTE, à part.

J'ai été trahi. (*haut.*) J'obéis à votre altesse.

(Il sort.)

PAZZINI, à part.

Je crains que ce maudit prince ne m'ait fait faire quelques sottises.

LE DUC.

Les méchans abuseront toujours de la loyauté d'un brave homme... (*au gouverneur.*) Faites dissiper ces oisifs, qui peut-être même n'y sont déjà plus... Pazzini, vous souperez avec moi, nous avons à causer.

(Pazzini sort.)

12

SCÈNE XII.

LE TASSE, LE DUC.

LE TASSE, à part.

Quel est mon embarras !... Par tout ce que j'ai entendu, par tout ce que je vois, il me paraît instruit.

LE DUC, parlant d'une voix élevée à la porte de la chambre où les dames se sont cachées.

· Princesse Éléonore... et vous, comtesse Maria... venez me rejoindre à l'instant.

LE TASSE, à part.

Il savait qu'elles étaient ici. (*haut.*) Que votre altesse daigne excuser la princesse, si sa bienveillance...

LE DUC.

Je n'accuse pas ma sœur : pourquoi la défendez-vous?

SCÈNE XIII.

FLORELLA, LE TASSE, MARIA, ÉLÉONORE, LE DUC.

LE DUC.

Approchez, chère Éléonore !... Vous êtes bien imprudente : mais vous avez été bien malheureuse !... Ne tremblez pas, ma sœur... on vous croirait coupable... Retournez au palais, personne ne suivra vos pas... rentrez dans votre appartement. Demain matin, ma sœur, je vous verrai... nous causerons, vous direz vos peines à votre ami qui fera tout pour les adoucir. Allez.

MARIA.

Florella, suivez-nous.

(Elles sortent.)

SCÈNE XIV.

LE TASSE, LE DUC.

LE TASSE, à part.

Par ce calme bienveillant malgré moi il m'impose.

LE DUC.

Vous me saurez gré, Torquato, de ma modération.

LE TASSE.

Je pourrais, pour me justifier...

LE DUC.

Pas un mot de plus sur cet objet... Demain vous partirez pour Rome.

LE TASSE.

Partir pour Rome ?

LE DUC.

Clément VIII vous y appelle ; il renouvelle en votre faveur le triomphe dont Pétrarque fut honoré : vous serez couronné au capitole... Cette nouvelle peut consoler de bien des peines.

LE TASSE.

Et qui donc, monseigneur, a pu vous dire ?...

LE DUC.

Les députés viennent d'arriver. Retournez au palais et préparez-vous pour votre départ... Quoi ! n'êtes-vous pas transporté, ravi ?

LE TASSE.

Les grands honneurs ne flattent pas mon ame, et une voix intérieure me dit que je n'en jouirai pas.

LE DUC.

Vous en jouirez par amour pour votre patrie... et pour servir d'exemple aux poètes à venir, comme vous leur servirez de modèle. (*lui prenant la main.*) Allons, Torquato, dans quelques mois nous serons encore tout-à-fait amis... Adieu.

(*Il sort.*)

SCÈNE XV.

LE TASSE, seul.

C'est au moment qu'il veut m'éloigner d'Éléonore qu'il me flatte davantage... M'en éloigner !... lui, jamais !... Elle m'appartient; elle a juré de partager mon sort... Oui, oui, je quitterai cette ville, mais non pour habiter Rome... Et que me parle-t-il de gloire, de triomphe, de couronne ?... qu'est-ce que tout cela fait pour le bonheur? Du bonheur ! il n'en est plus pour moi que dans la possession d'Éléonore... L'espoir d'une si grande félicité fait palpiter mon cœur avec une violence... tout mon être en est agité, ma tête est brûlante... il me semble que ma mémoire... j'ai besoin de rappeler mes idées pour ne pas succomber à l'excès d'une émotion... Quel avenir heureux se prépare pour moi !... Orgueil, préjugés, tyrans de la terre, je pourrai bientôt vous braver... oserez-vous encore me disputer ma bien-aimée?... viendrez-vous me l'arracher au fond des déserts où je cours l'entraîner?

FIN DU QUATRIÈME ACTE.

ACTE CINQUIÈME.

Le théâtre représente une riche et vaste salle dont le fond laisse voir ,
par des portiques ouverts sur toute la largeur du théâtre , une partie
extérieure du palais et de ses jardins, avec ses terrasses et ses statues,
que couronne un magnifique paysage.

SCÈNE I.

ÉLÉONORE, seule.

Mon frère vient de me mander dans son appartement... Je tremble de m'y rendre : malgré moi il lira
dans mon cœur... S'il savait qu'hier, dans la prison
du Tasse, j'ai juré... Insensée!... et si je manque à
mes sermens, sais-je à quel degré de désespoir je puis
entraîner mon malheureux ami? (*Le duc paraît.*)
Déjà une fièvre semblait l'agiter... sa main était brûlante, son regard animé... Ah! si la réflexion n'a pas
calmé cette agitation, à quel funeste événement ne
vais-je pas le livrer?... Eh quoi! entraînée par notre
coupable amour, j'ai pu promettre d'abandonner Alphonse pour suivre Torquato sur des bords étrangers ;
et quel coin de la terre pourrait nous mettre à l'abri
de la vengeance de mon frère?...

SCÈNE II.

LE DUC, ÉLÉONORE.

LE DUC.

Aucun, Éléonore.

ÉLÉONORE, surprise.

Mon imprudence vous a dévoilé...

LE DUC.

Ce que je savais déjà, votre amour, mais non une
fuite projetée. Ingrate ! ce nouvel outrage va justifier
toute ma sévérité ; il me donne le droit de punir un
perfide séducteur.

ÉLÉONORE.

Que voulez-vous faire ?

LE DUC.

Si je n'obtiens de vous ce que la raison et votre
honneur exigent, je fais à l'instant même précipiter
Torquato dans le plus obscur des cachots...

ÉLÉONORE.

Alphonse, seriez-vous assez cruel...

LE DUC.

Ce que je viens d'apprendre suffira pour justifier ce
rigoureux traitement aux yeux de tous les souverains
de l'Europe.

ÉLÉONORE.

Mais hier votre indulgence...

LE DUC.

Dites ma politique. Je devais avant tout couvrir
votre faute : en avez-vous calculé les suites ? avez-
vous songé que votre main était promise, et que cet
outrage envers le duc, en faisant naître une guerre
où le sang de mes sujets... Mais avant ce malheur je

veux que Torquato, condamné à une prison éternelle...

ÉLÉONORE.

Une prison éternelle... Grace! grace! ô mon frère!
ne puis-je le sauver?...

LE DUC.

Il n'en est qu'un moyen : c'est d'écrire à l'instant
même ce que je vais vous dicter.

ÉLÉONORE.

Vous m'effrayez. (*à part.*) Je connais mon frère :
si je ne cède à ses ordres, c'en est fait du Tasse.
(*haut.*) J'obéis.

LE DUC, dictant.

« Torquato, mon frère sait tout. Il a lu dans mon
« cœur... il est assez indulgent pour me pardonner
« mon imprudence : il vous pardonne de même votre
« crime.»

ÉLÉONORE.

Ah! mon frère...

LE DUC.

Mettez, votre crime. « Si vous consentez à vous
« éloigner de la cour et à m'oublier pour jamais. » Ne
signez pas.

SCÈNE III.

LE DUC, MARIA, ÉLÉONORE.

LE DUC.

Comtesse Maria, vous arrivez à propos; portez ce
billet à Torquato... vous êtes trop l'amie de la princesse pour ne pas connaître ses secrets. Vous savez
si j'ai lieu d'être mécontent : mais le mal peut encore
se réparer. Vous lui remettrez cette lettre, et vous lui
direz de ma part qu'il parte demain pour Rome, qu'il
accepte les honneurs qui lui sont réservés; mais que

s'il persistait à rester dans Ferrare, il a tout à craindre de ma vengeance.

MARIA, à part.

Grand Dieu ! qu'est-il donc arrivé ?

ÉLÉONORE.

Chère, Maria, dis-lui...

LE DUC.

N'ajoutez rien à ce que j'ai ordonné de dire. Ma sœur, ne me forcez pas à la sévérité... je voudrais empêcher qu'un éclat... le pourrais-je si vous laissiez à Torquato la plus petite espérance de vous revoir ? Comtesse Maria, portez la lettre, et répétez-lui bien que s'il persistait à rester dans Ferrare, il aurait tout à craindre de mon juste ressentiment. Allez, je l'ordonne.

(Maria sort.)

SCÈNE IV.

LE DUC, ÉLÉONORE.

LE DUC.

Allons, ma sœur, calmez-vous... J'ai connu les passions, et je devine quel doit être l'état de votre ame ; mais laissez-vous diriger par moi. Le comte Zabello ne doit pas tarder à arriver, allez vous préparer à le recevoir, vos femmes vous attendent ; elles n'ajouteront point à votre beauté par une brillante parure ; mais l'étiquette l'ordonne, et nous en sommes esclaves.

ÉLÉONORE, à part.

Songer à la parure au moment où l'infortuné Torquato est abandonné de tout le monde. Mais telle est la rigueur de mon sort, que je ne puis rien opposer au coup qui vient le frapper : obéissons à ma destinée.

(Elle sort.)

SCÈNE V.

LE DUC, seul.

Je n'aurais jamais pensé que ma sœur eût abaissé sa
fierté naturelle jusqu'à promettre à Torquato de partager sa misère. Ah! tel est l'empire des passions que
l'ame la plus vertueuse peut un moment céder à leur
charme, oublier!... Mais que veut Pazzini?

SCÈNE VI.

PAZZINI, LE DUC.

PAZZINI.

Je viens avertir votre altesse que l'envoyé extraor-
dinaire du duc de Mantoue vient d'arriver. J'ai satis-
fait à vos ordres en lui faisant rendre tous les honneurs militaires. Il me semble maintenant que ce doit
être à vous...

LE DUC.

Le maître des cérémonies viendra m'avertir quand
il en sera temps.

PAZZINI.

Vous paraissez tout agité, monseigneur. Serait-ce
l'absence du Tasse qui n'a point paru ce matin à votre
lever? il circule même à son sujet de singuliers bruits.

SCÈNE VII.

PAZZINI, LE DUC, MARIA.

LE DUC.

Quoi! Maria, déjà vous avez vu le Tasse? Qu'avez-
vous?... vous êtes pâle!

MARIA.

Permettez-moi de me remettre... j'éprouve un trouble...je crois voir encore ce malheureux jeune homme...

LE DUC.

Qu'est-il donc arrivé?—Pazzini, retournez m'attendre près de mes officiers, je vous rejoins tout à l'heure.

SCÈNE VIII.

LE DUC, MARIA.

LE DUC.

Parlez, Maria, j'ai de justes raisons pour en vou-
loir à Torquato ; il m'a trompé dans ma confiance,
blessé dans mon honneur : mais je l'ai trop aimé pour
ne pas encore prendre quelque intérêt à son sort.

MARIA.

Je me suis fait conduire à son appartement. Dès
qu'il m'aperçoit, il vole au devant de moi avec une
impatience que j'aurais peine à décrire ; mais voyant
à l'expression de mes traits que je lui apportais
des nouvelles fâcheuses, un tremblement l'a saisi en
prenant ma lettre...Cependant il l'ouvre et s'écrie avec
un mouvement de joie : « C'est son écriture ! » Mais
bientôt sa tête se penche sur son sein, en me disant :
« Et c'est Eléonore qui m'écrit de la sorte! »

LE DUC.

Cette lettre devait produire ce premier effet sur
une ame aussi passionnée que la sienne.

MARIA.

Ah ! ce n'est pas tout. Désirant remplir vos ordres
et pourtant craignant d'irriter son orgueil, je me suis
approchée de lui timidement, et j'ai répété d'une

voix tremblante ce que vous m'aviez ordonné de lui
dire... Mais à peine j'avais prononcé ces mots : « Que
si demain on le revoyait dans Ferrare, il aurait tout à
craindre de votre vengeance, » il s'est levé comme
un furieux, il a porté la main sur son épée en s'écriant :
« Il me chasse de son palais... Ah! s'il n'était pas le
frère d'Éléonore... Elle aussi, elle est perfide! » Puis se
promenant avec agitation dans son appartement... pro-
férant des paroles sans suite, maudissant sa fortune,
implorant la mort.... Enfin accablé, chancelant, les
traits renversés, criant, il tombe à mes pieds, sans
force et sans aucun sentiment.

LE DUC.

Oh! Maria, cachez à ma sœur ces funestes détails...
Mais enfin...

MARIA.

Appelés par mes cris, plusieurs domestiques ar-
rivent pour lui donner des secours, et je ne l'ai quitté
que pour le remettre aux soins de Florella et de sa
mère qui venaient d'arriver, et qui n'ont fait qu'ajouter
à mes peines par l'excès de leur désespoir.

LE DUC.

J'ai bien cru que son orgueil irrité... mais j'étais
loin de prévoir qu'un accident pareil... Ah! qu'il
faut de précaution pour gouverner ces âmes de feu!
Maria, je vous le répète, cachez bien à ma sœur le
résultat fâcheux de votre message. Songez que c'est
ce matin même qu'elle va être fiancée au duc de
Mantoue; qu'il faut qu'elle cache sous un air riant
toutes les peines de son cœur. — Déjà nos officiers
sont réunis : disposez ma sœur à recevoir ici l'envoyé du prince.

(Il sort.)

SCÈNE IX.

MARIA, seule.

Oui sans doute, il est de la prudence de lui cacher ce que j'ai vu. Je ne sais comment le duc a pu être instruit du sentiment qui l'a subjuguée. Ah Torquato! combien tu auras à te repentir d'avoir porté si haut tes vœux et ton amour!

SCÈNE X.

ÉLÉONORE, MARIA.

ÉLÉONORE, à ses femmes.

Vous me fatiguez de vos soins et de vos apprêts, laissez-moi... Ah! Maria... c'est toi : eh bien! tu l'as vu mon malheureux ami?

MARIA, embarrassée.

Oui, madame, je l'ai vu.

ÉLÉONORE.

Qu'a-t-il dit en recevant cette lettre?... son indignation sans doute...

MARIA.

En effet, il m'a paru affligé... mais...

ÉLÉONORE.

Qu'as-tu donc Maria, tu parais embarrassée... Tu crains de répondre?

MARIA.

Ne le croyez pas, je vous en prie : seulement au moment où vous allez recevoir l'envoyé du prince qui va devenir votre époux, je vois avec chagrin que vous vous occupez...

ÉLÉONORE.

Eh quoi! je vais donc être forcée d'accueillir les vœux d'un prince que je ne connais pas, que je n'ai jamais vu... sous peine de faire le malheur de Torquato, de compromettre peut-être sa vie... Il faut que j'efface de mon cœur le seul sentiment qui jusqu'à ce jour ait embelli mon existence... Ah Torquato! non, ce cœur n'a point changé, et si je manque aux sermens que dans un instant de délire tu m'arrachas peut-être... n'en accuse pas l'orgueil de mon rang... Avec quelle joie j'aurais quitté tout l'éclat de la grandeur, pour partager ta destinée obscure! mais j'aurais voulu te suivre sans devenir coupable et sans attirer sur ma maison l'infortune et le déshonneur...

SCÈNE XI.

FLORELLA, ÉLÉONORE, MARIA.

FLORELLA.

Non, j'entrerai, vous dis-je... Je veux parler à la princesse.

ÉLÉONORE.

Florella! mon enfant!...

MARIA, à part.

Oh Dieu! elle va tout révéler.

FLORELLA.

Ah! madame, je suis bien malheureuse!

ÉLÉONORE.

Que t'est-il donc arrivé?

FLORELLA.

Quoi! madame ne vous a pas dit que mon ami, mon protecteur, désespéré d'une lettre que vous lui aviez écrite, était tombé dans des convulsions qui peut-être sans nous l'auraient conduit à la mort?

ÉLÉONORE.

Ah! grand Dieu! et l'on m'a caché...

MARIA.

Je l'ai dû, madame, pour vous épargner des chagrins; mais enfin maintenant vous devez vous calmer
puisqu'il est revenu à la vie...

FLORELLA.

Oui, sans doute, il est revenu; mais ma mère dit
que son état est plus dangereux encore. Toutes les personnes qui l'entourent sont dans la plus grande afflic-
tion. J'ignore pourquoi elles se désolent, car il ne me
semble plus malade... Seulement, quand il est sorti de
son appartement il m'a paru avoir un regard singulier...
et puis, quoiqu'il fût avec nous, il ne nous adressait
pas la parole... il vous parlait comme si vous étiez dans
l'appartement; puis tout à coup son corps s'agitait, il
portait à chaque instant la main sur son front, comme
pour en arracher la souffrance... Mais bientôt, diri-
geant ses pas vers l'intérieur du palais, il est arrivé
dans la salle voisine où le trouble de son esprit et le
désordre de sa parure m'ont fait voir, par l'effroi qu'il
inspirait à tout le monde, que j'avais tout à craindre
pour mon malheureux ami.

MARIA.

Ah! madame, si dans cet état il se présentait à vos
yeux, il faut que votre garde...

ÉLÉONORE.

Ma garde contre le Tasse! Non, non, loin de moi
toute considération! Qu'il vienne, qu'il approche...
dussé-je mourir de sa présence!

MARIA.

Madame, le voici...

ÉLÉONORE.

Ah Dieu !... quelle pâleur !... quelle expression dans tous ses traits !

SCENE XIII.

MARIA, ÉLÉONORE, LE TASSE, FLORELLA.

(Le Tasse entre, ne dit rien, regarde tout le monde, n'a l'air de reconnaître personne, et va s'asseoir dans le fauteuil de la princesse ; Éléonore le suit avec anxiété et se place devant lui pour se faire remarquer.)

ÉLÉONORE.

C'en est fait de Torquato, il ne reconnaît plus son amie !

LE TASSE, assis, souriant.

Elle va arriver bientôt.

ÉLÉONORE.

Que dit-il ? Cher Torquato, ne reconnaissez-vous pas votre amie, votre Éléonore ?

LE TASSE.

Qui m'a parlé d'Éléonore ?

ÉLÉONORE.

Infortuné ! et c'est mon abandon qui le réduit en cet état !

FLORELLA.

Et à moi, vous ne dites rien, mon ami ; quand vous me regardez comme cela, vos yeux me font peur.

LE TASSE.

Et toi aussi, tu es une pauvre jeune fille...

FLORELLA, avec joie.

Madame, il me reconnaît.

LE TASSE, d'un air souriant.

Eh bien ! oui, tu seras la compagne de la mariée ; c'est toi qui lui détacheras le bouquet.

MARIA.

Il n'a qu'une seule idée, c'est celle de votre mariage.

ÉLÉONORE.

Grand Dieu ! sa raison serait-elle égarée pour toujours ? Malheureuse Éléonore !...

LE TASSE.

Pourquoi parlez-vous toujours d'Éléonore ?... C'est
à midi qu'elle doit venir... Ah ! quand elle appro-
chera je m'en apercevrai bientôt... Oui, dès qu'elle
paraît je sens mon cœur battre... Non, non, elle ne
vient pas encore... Voyez comme je suis tranquille.

*(Il tombe dans une espèce de stupeur, croise les mains, reste les yeux fixés sur
un seul point, et paraît insensible à tout ce qui se passe.)*

MARIA.

Ah ! madame, quand le duc le verra dans cet état,
je suis sûre que sa pitié...

ÉLÉONORE.

S'il excite la pitié de mon frère devenu son ennemi,
quelle doit être ma douleur, mon désespoir ?

MARIA.

Il faut pourtant vous résoudre à cacher le désordre
qui règne dans votre ame ; que penserait la cour, votre
frère, cet envoyé ?

ÉLÉONORE.

Et que m'importe ce qu'on pense de moi ? de moi
qui désormais ne veux vivre que pour plaindre cet
infortuné... que pour verser des pleurs.

MARIA.

Madame, j'aperçois le duc... il entre suivi du plus
nombreux cortége...

ÉLÉONORE.

Ils viennent me séduire par l'appareil de la richesse
et des honneurs... tandis que cet infortuné... Regarde,
Maria, ne vois-tu pas sur ses traits l'immobilité de la
mort !

SCENE XIV.

LE DUC, ÉLÉONORE, MARIA, LE TASSE, FLORELLA, le cortége, et les pages portant les présens.

LE DUC.

Ma sœur, bientôt vous allez voir paraître le noble comte de Zabello, chargé par mon frère, le duc de Mantoue, de vous apporter les hommages et... (*il apparaît le Tasse.*) Le Tasse ici ?

ÉLÉONORE, en pleurs.

Oui, mon frère, le Tasse n'échappe à la mort que nous lui avions préparée que pour être privé de sa raison.

LE DUC.

Serait-il vrai ? (*au Tasse, qu'il voit immobile.*) Torquato, qui vous occupe en ce moment? Ah! combien vous m'affligez!... revenez à vous... si je fus trop sévère un instant, je saurai réparer... Il me regarde sans me répondre.

LE TASSE, au duc.

Qui me parle ?

LE DUC.

Un homme qui vous a toujours chéri, qui vous plaint.

. **LE TASSE**, se levant.

Vous n'êtes donc pas au nombre de mes ennemis?... Connaissez-vous le duc de Ferrare?...Si vous m'aimez, si vous le connaissez, sauvez-moi de sa vengeance!

LE DUC.

Vous vous trompez... Croyez qu'il vous aime encore.

14

LE TASSE, l'entraînant vers un coin du théâtre.

Vous voyez cet anneau... c'est celui de ma bien-
aimée... Comme il me brûle... (*d'une voix forte et
sonore.*) Éléonore... Éléonore !... pourquoi ne ré-
ponds-tu pas à ma voix ?

ÉLÉONORE.

L'infortuné !... sa voix m'effraie maintenant... Ce
spectacle me tue.

(Elle tombe accablée dans le fauteuil que le Tasse a quitté et qui est placé près
de la table.)

SCENE XV et dernière.

LES DÉPUTÉS DE ROME, LE TASSE, LE DUC,
ÉLÉONORE, MARIA, FLORELLA.

LE DÉPUTÉ.

Monseigneur, nous venóns, ainsi que vous nous
l'avez permis hier, présenter l'hommage décerné à
Torquato par le pontife de Rome. Tout le peuple,
instruit de cette nouvelle, se presse autour de ce palais pour voir le grand homme.

LE DUC, montrant le Tasse.

Le voilà le grand homme !

LE DÉPUTÉ.

Quoi ! serait-elle vraie cette affligeante nouvelle ?...
Ah ! si l'hommage des Romains pouvait le rappeler à
l'amour de la gloire...

LE TASSE, allant vivement au député.

Que voulez-vous ? qui êtes-vous ?

LE DÉPUTÉ.

Nous sommes les députés de Rome, et nous venons
au nom du souverain pontife vous offrir cette cou-

ronne... *pour qu'elle reçoive de vous autant d'honneur qu'elle en a fait à ceux qui l'ont reçue avant vous* [1].

LE TASSE.

On m'offre une couronne ! à moi !... ô bonheur !... Chère Éléonore !... Alphonse, tu ne m'empêcheras plus d'être son époux... Approchez, venez, montrez-moi ma couronne...

(Le page qui porte la couronne sur un coussin la présente au député.)

LE DÉPUTÉ, offrant la couronne à Torquato.

La voilà.

LE TASSE, avec surprise.

Oh ! elle n'est pas d'or !... ce n'est rien, rien qu'un laurier !... Le frère n'y consentira pas... Le laurier !... il croît sur la tombe de Virgile !... Ah ! si c'était là sa couronne... elle vaut bien celle d'un duc !... Posez-la sur ma tête ! Alphonse s'y trompera peut-être. (*on lui pose la couronne.*) Elle me fait du bien ; comme elle rafraîchit mon front !... Ah ! ce front brûlant l'aura bientôt flétrie... Mais où donc est Éléonore ?... Grand Dieu ! Eh quoi, traître ! tu veux m'arracher ma bien-aimée ?... Renaud, Tancrède, Clorinde, armez-vous !... Éléonore, et toi aussi, on t'entraîne vers l'autel... Arrête, ne vois-tu pas devant toi un spectre ensanglanté... livide, qui te présente sa main... qui te montre son anneau... Il te crie : Éléonore, tu es ma fiancée ! tu ne t'appartiens plus !

LE DÉPUTÉ.

Le sourire renaît sur ses lèvres ; d'agréables idées...

LE TASSE, souriant, les bras étendus comme en extase.

Éléonore !... oui, tu seras heureuse... Entendez-vous ce concert des anges ? (*il sourit et exprime le*

______

(1) Historique.

plaisir qu'il éprouve.) Paix ! paix ! ne parlez pas... Les entendez-vous ces voix qui célèbrent mon hymen avec Éléonore?... Allons, muses, accordez ma harpe d'or... et moi aussi je veux chanter. (*un silence.*) Mais quelle émotion nouvelle? une faiblesse subite... (*on l'assied sur un fauteuil.*) Il me semble que de nouveaux objets s'offrent à mes regards... Où suis-je? Pourquoi tout ce monde? ce brillant appareil?..... (*paraissant recouvrer sa raison.*) Ah! n'est-ce pas Éléonore que j'aperçois?

ÉLÉONORE, témoignant sa joie, jette un cri et s'élance vivement vers le Tasse.

Il m'a reconnue! Ah! ce retour à la raison...

LE DUC.

Est d'un funeste présage.

LE TASSE.

C'est vous!... c'est donc vous que je revois?... O mon Dieu ! laissez-moi vivre un instant encore pour l'assurer que mon cœur... Mais non, un nuage vient obscurcir ma vue, un froid glacial parcourt mes veines... Éléonore, votre main... Éléonore, pourquoi me laisses-tu mourir ?

(Il tombe sans aucun mouvement dans les bras du député.)

ÉLÉONORE, avec effroi.

Ah ! déjà sa main glacée...

LE DÉPUTÉ.

Jour de douleur ! Qui consolera l'Italie ?

LE DUC, avec force et enthousiasme.

Son immortalité !

FIN DU CINQUIÈME ET DERNIER ACTE.